Mattawa à contre-courant

Du même auteur

Études

en collaboration avec Mariana Canello, Elda Dagnino, Bruno Dufour et Marcela Fernandez, *Vivre son plein potentiel en classe de langue*, Montréal, Les Éditions L'encrier salin, 2010, 61 p.

Langue et culture. Unité et discordance, Sudbury, Éditions Prise de parole, coll. « Agora », 2007, 294 p.

Pour un enseignement réussi du français langue maternelle : fondements et pratiques en didactique du français, Sudbury, Éditions Prise de parole, coll. « Agora », 2005, 204 p.

avec Louise Lauzon, Lise Léger, Hélène Sylvestre et Paulette Wolfe (dir.), *Le temps de lire*, Actes du 5e congrès national de l'ACREF-Ottawa, 18-20 octobre 2001, CFORP, 2002, 102 p.

avec Sylvie Lafortune et Julie Boissonneault, *La pédagogie du français langue maternelle et l'hétérogénéité linguistique*, Québec, Centre international de recherche en aménagement linguistique (CIRAL), Université Laval, Publication B-216, 1998, 379 p.

et Simone Leblanc-Rainville (dir.), « L'éducation en français auprès de groupes minoritaires à travers le monde », *Revue des sciences de l'éducation*, vol. XXIII, n° 3, 1997, 239 p.

Cinquante exemplaires de cet ouvrage ont été numérotés et signés par l'auteur.

Benoît Cazabon

Mattawa à contre-courant

Mémoires d'un médecin de campagne

Roman

Éditions Prise de parole
Sudbury 2012

Catalogage avant publication de Bibliothèque et Archives Canada
Cazabon, Benoît
Mattawa, à contre-courant [ressource électronique] / Benoît Cazabon.
Monographie électronique en formats PDF et ePub.
Publ. aussi en format imprimé.
ISBN 978-2-89423-438-9 (PDF).–ISBN 978-2-89423-522-5 (ePub)
I. Titre.
PS8605.A9785M38 2012a C843'.6 C2012-900492-8

Cazabon, Benoît
Mattawa, à contre-courant / Benoît Cazabon.
Publ. aussi en formats électroniques.
ISBN 978-2-89423-263-7
I. Titre.
PS8605.A9785M38 2012 C843'.6 C2012-900491-X

Diffusion au Canada : Dimédia

Ancrées dans le Nouvel-Ontario, les Éditions Prise de parole appuient les auteurs et les créateurs d'expression et de culture françaises au Canada, en privilégiant des œuvres de facture contemporaine.

La maison d'édition remercie le Conseil des Arts de l'Ontario, le Conseil des Arts du Canada, le Patrimoine canadien (programme Développement des communautés de langue officielle et Fonds du livre du Canada) et la Ville du Grand Sudbury de leur appui financier.

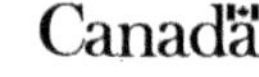

Œuvre en page de couverture et conception de la couverture : Olivier Lasser

Éditions Prise de parole
C.P. 550, Sudbury (Ontario) Canada P3E 4R2
www.prisedeparole.ca

ISBN 978-2-89423-263-7 (Papier)
ISBN 978-2-89423-438-9 (PDF)
ISBN 978-2-89423-522-5 (ePub)

Les hommes sont tourmentés par les opinions qu'ils ont des choses,
non par les choses mêmes.
Montaigne

L'avenir nous tourmente, le passé nous retient, c'est pour ça que le
présent nous échappe.
Gustave Flaubert

Pour se donner, il faut s'appartenir.
Vauvenargue

Il y a quelque chose de plus grand pourtant que d'appartenir au
monde, c'est de s'appartenir à soi-même.
Victor Hugo

Tirer un trait sur sa relation

Mattawa, le 10 octobre 1918
Je m'apprête à quitter ce coin de pays toujours aussi revêche dans l'espoir de m'installer à Saint-Jovite, dernière chance d'un professionnel épuisé. Tant la turbulence de ma vie personnelle que les exigences de mon métier et les affres d'une société démunie me laissent affaibli. Ce matin, contre toute attente, je vois de la neige sur la crête de la montagne Pisse-Mont devant moi. Un autre hiver ici s'avère impensable.

Je rassemble ce qui m'a souvent manqué de courage pour m'expliquer mes sentiments les plus profonds et vider à jamais un abcès trop longtemps entretenu à vif par mes négligences. Lâcheté et mollesse, ce sont bien là des habitudes que je veux reconnaître. Cette fois-ci, j'ai le ferme propos d'aller jusqu'au bout. De me retrouver aux confins de mes motivations inconscientes, ce qui ne me ressemble guère. Je l'avoue sans peine : je ne peux pas faire aboutir une résolution. Exprimer un vœu ou encore déterminer ce que je veux se révèle inaccessible. Je ne sais pas qui je suis. Je vis dans une contrée impénétrable à moi-même. D'où me vient cette inertie devant ma vie intérieure ? Je ne pourrais pas divulguer le moindre incident captivant de ma jeunesse. D'où viens-je ? Pourquoi suis-je en cet endroit ? En disant ceci, je ne me réfère ni à Saint-Jovite ni à Mattawa. Je cherche à évoquer plutôt de mon passé ce qui m'a amené ici. Qu'est-ce que j'ai vécu pour vouloir devenir médecin ? Ai-je seulement désiré me consacrer à des malades ?

J'essaie en vain de comprendre comment j'ai abouti ici, de saisir ce qui, du temps de ma jeunesse, m'a façonné. Depuis ma tendre enfance, je suis vieux avant l'âge. Je n'ai pas d'autres souvenirs que mes pensées. Je pense. Ai-je ri ? Est-ce que je me suis amusé ?

J'applique toute mon attention à écrire, à retrouver mon identité. En suis-je capable ? Pour le moment, il me suffit de suivre le tracé de l'encre sur la page blanche. De ces mots échappés sourdra un sens ou une directive, j'imagine. J'y mets ce que ma mémoire veut bien retenir, sans tenter de la brider. Depuis mon arrivée dans cette contrée, je tiens des notes, un journal en quelque sorte. À défaut de savoir peindre, j'écris. Le soir, je relate sur papier le fruit de mes observations. J'imagine qu'une continuité se devine dans ce geste et ceux du médecin que je suis le jour. Ausculter et observer ! Même activité ? Être conscient et comprendre. Observer correspond à se tenir en retrait du monde aussi. J'essaie maintenant, avant mon départ, de couler ces notes d'origine avec des pensées qui me viennent en me relisant.

Je compte que les choses s'éclaircissent à défaut de pouvoir me convaincre que ma décision est la bonne.

Je me le dois. Je compte bien y arriver avant de quitter les lieux.

Je dors de plus en plus mal. Le jour, mon corps est agité de spasmes et de tics nerveux. En pleine nuit, hier, je me suis retrouvé assis sur le bord du lit. Par la fenêtre, j'ai vu de la lumière chez les voisins d'en face. Une femme est sortie à la course portant mante et capuchon. Prémonition ? Quelque chose éclate en moi. Ce matin, je ne sais plus si j'ai rêvé cette scène ou si je suis happé par mon écriture.

UN

Autour d’une installation

Il y a vingt-neuf ans déjà, en 1889, je me rendais dans cet hôtel, le Townsend Inn, que l'on aurait pu baptiser alors l'Hôtel du bout du monde. À l'époque, il était situé à l'extrémité ouest du village de Mattawa. Aujourd'hui, à cause de l'expansion, il se trouve en plein centre de la paroisse, au grand dam du curé.

Ton mari et toi, vous m'aviez aménagé des appartements au premier étage, à l'arrière, du côté de la ruelle, où je pouvais recevoir mes patients. J'imagine que ton Écossais de mari avait prévu que ma clientèle passerait en grand nombre à sa taverne après les consultations. Au début, mes patients ne me laissaient pas assez d'argent pour vous payer. Cela n'empêchait pas Townsend d'exiger de moi le gros prix pour le logement. Mais comment Townsend aurait-il pu me croire ? Si mes patients jugeaient normal de ne pas me payer, ils trouvaient le moyen de ne laisser courir aucun compte pour les consommations d'alcool prises chez vous. Se priver de médecin ou d'alcool ?

Mais je ne suis pas là pour juger des valeurs de ceux qui se sont battus chaque jour pour une illusion.

Je me suis souvent posé la question : Quelle qualité de vie supérieure espéraient-ils avoir ici plutôt qu'au Québec ? L'occasion de mieux éduquer leurs enfants ? Une espérance de vie plus longue ?

Mais est-ce vraiment ce qui les anime ? Quelle valeur mes patients accordent-ils à ma présence parmi eux ? Je suis un des leurs, mais séparé par mon éducation. Ont-ils seulement la conscience nécessaire pour se poser ces questions ? Je formulais à mon arrivée ici de ces interrogations qui les auraient fait sourire. « Instruit », « éduqué », « valeur », où allez-vous chercher ces idées folichonnes, docteur ? m'auraient-ils demandé. « Boulanger, boucher, forgeron, médecin, ce ne sont que des variantes de métiers. Ce sont des tâches à accomplir, il n'y a rien à apprendre. Faut bien que quelqu'un s'y intéresse, n'est-ce pas ? » Si, à leurs yeux, la médecine représente un métier comme les autres, au contraire le mot *philosophie* ne recèle aucun sens. Peu importe, pour eux, j'étais instruit, mais mon travail ne valait guère plus que le leur. Moi, j'accordais une grande valeur à mes études classiques. Elles ne se partageaient pas aisément dans ce milieu. J'avais apporté une malle pleine de livres de médecine et de littérature. Dès le départ, je me suis senti prisonnier, comme mes livres dans leur malle. Un monde inavouable !

Je suis arrivé en même temps que les poseurs de rails. Pas le premier peloton de 1880, mais le suivant, celui de la ligne du Nord. Des durs de durs. Pour la plupart d'entre eux, des fuyards de pays ingrats, des Polonais, des Italiens, quelques Juifs et des Canadiens français, sans le sou. Travailler ? Un concours d'endurance entre deux beuveries.

12 octobre 1889

Dans quel monde suis-je tombé? J'ai accepté l'invitation du ministère de la Colonisation du Québec de venir assurer les services médicaux à nos Canadiens français qui se sont expatriés dans cette nouvelle ruée vers l'ouest. Je n'ai aucune idée où je suis. Avant de quitter Montréal, Ottawa, pour moi, se situait déjà aux confins du monde. Mettre un « M » devant pour former Mattawa ne m'aide guère davantage. J'utilise mes temps libres pour comprendre cette nouvelle patrie à la frontière du territoire.

À mon arrivée, j'ai eu l'impression de me retrouver dans une fourmilière. L'activité se déploie partout à grande vitesse. Les rues sont animées par un va-et-vient continuel de chariots quittant la gare, de remorques portant des planches fraîchement sorties de la scierie.

Le sentiment que j'ai, est-ce l'effet du goulot d'étranglement causé par le mur de montagnes au nord et la cuvette où se trouve le village en bas? Comme si ce monde était cerné de partout, à moins de regarder la rivière en direction de l'est, en direction d'où nous venons tous. Autrement, il n'y a pas de vision, l'horizon est bouché de toutes parts.

Mattawa, « la rencontre des eaux » en ojibwé. Un cirque où les eaux roulent sur elles-mêmes avant de prendre la longueur de la rivière en aval pour descendre à grande vitesse jusqu'à Rocher Capitaines (que les Anglais appellent Bissett Creek). Les eaux rejoindront Montréal dans quelques semaines. Je sens un serrement au cœur. Je suis tellement hors de mon monde.

Certains habitent ici depuis dix ans au moins. En 1880, quand la voie ferrée de la Canadian Pacific Railroad (CPR) a atteint Mattawa, on y trouvait quatre mille ouvriers de tous les métiers possibles – bûcherons, manœuvres en scierie, menuisiers, mécaniciens, machinistes, soudeurs, poseurs de rails – et les indispensables services de comptoirs : apothicaire, laverie, épicerie. Plus de la moitié étaient des Canadiens français. Aujourd'hui, la population est moindre, mais les nôtres sont plus nombreux. Les autres nationalités ont poursuivi leur route. Les nôtres se sont installés. Un effet de sédimentation apparaît, on dirait. J'essaie de comprendre. Il doit bien y exister une raison.

En 1882, le chemin de fer s'est rendu à North Bay. L'an dernier, il a rejoint Sudbury et on a entrepris le tronçon vers Sault-Sainte-Marie. Enfin, un nom à assonance française. Je connais son existence à cause de membres éloignés de ma parenté qui s'y sont installés brièvement vers 1850. On les a perdus de vue et ils sont aujourd'hui dans le nord du Michigan, aux États-Unis, à Iron Mountain. On trouve là-bas des Legendre, Trudel, Casaubon, patronymes qui circulent dans ma mémoire comme le sang dans mes veines. Des souvenirs de bribes de conversations entendues dans ma famille. Mais pourquoi dans le nord du Michigan ? Nos livres d'histoire nous avaient instruits sur le peuplement des Français à Détroit en 1701 avec Antoine de Lamothe-Cadillac. Ça, c'est le sud du Michigan et c'est une tout autre histoire. Pourquoi tous ces déménagements ?

Il semblerait qu'en 1880 Mattawa était promise à un grand avenir. Aujourd'hui, malgré le déclin partiel, certains voient en Mattawa une plaque tournante majeure dans un avenir rapproché. Tout dépend à qui on parle.

21 octobre 1889
Hier, je suis allé à la gare. Des arrivages m'attendaient. Les instruments dont j'ai besoin pour mon installation et des produits de pharmacie aussi. Monsieur Major, le chef de gare, les fera transporter à mon cabinet cet après-midi par Dalcourt, son aide de camp comme il l'appelle. Dès que je l'ai rencontré, j'ai aimé ce Major et, surtout, j'aime m'entretenir avec lui. Il sait tout sur tout. La gare tient lieu de centre des communications à plus d'un titre, semble-t-il. Il est à Mattawa depuis les tout premiers débuts. J'en ai profité pour sonder son opinion sur l'évolution du village.

– Je suis arrivé par le premier train en 1880. Autant vous dire que je me suis retrouvé dans un chantier de boue. La guerre n'aurait pas été pire! Mattawa n'était alors qu'un camp de bûcherons et il n'était pas aisé de trouver un appartement. J'ai eu de la veine, la CPR m'avait aménagé un premier local servant tout à la fois de gare, de remise et de logement. Pas un endroit où élever une famille nombreuse, je vous l'assure. Je dis chanceux parce que, à cause de mon instruction, j'allais être le commis responsable des factures, des échanges et de la caisse. On m'avait équipé d'un coffre-fort pas plus grand que ma gueule. N'importe qui aurait pu l'emporter sous son bras. Comme mes responsabilités me rendaient nerveux, je tenais un fusil à portée de main et à vue. Moi, qui n'ai jamais chassé même un petit écureuil! Tout ça en attendant l'arrivée de la ligne télégraphique. Voyez-vous, je maîtrise le code morse et c'est ce qui m'occupe une bonne partie de la journée maintenant.

– Dites-moi, Mattawa, ça avance ou ça recule ? On est moins nombreux que dans le temps, n'est-ce pas ? C'est du moins ce qu'on m'a raconté.

– Voyez-vous, docteur, il y a plusieurs façons de regarder la rivière des Outaouais. Est-ce une frontière naturelle entre le Québec et l'Ontario ? Ou est-ce une route vers l'ouest ?

– Je ne comprends pas.

Major m'a alors raconté que la plupart des Canadiens français étaient arrivés ici comme s'ils continuaient à défricher leur pays à eux. Comme si j'avais besoin d'une preuve, il m'a rappelé que c'est le ministère de la Colonisation qui m'envoyait ici. Il m'a parlé de la Société de développement du Témiscamingue, qui cherchait des appuis de Québec pour s'installer au nord de Mattawa.

– Vous savez, vous mettez Mattawa de l'autre bord de la rivière et nous nous trouvons au Québec. Ça ne change pas grand-chose, pis ça change tout. Nous profitons de ce mouvement. De la ligne de chemin de fer vers le Témiscamingue, développée presque en même temps que la CPR passait par ici. Tout le monde convoite les terres fertiles là-bas, pis le beau bois dans les forêts qui longent la rivière. Un grand pays derrière ! C'est pas une ligne riche, riche, la route du Nord. Au départ, on a construit la voie ferrée selon des méthodes artisanales. En tout cas, pas conformes. L'écartement des rails n'atteignait que mille soixante-sept millimètres de large. En l'acquérant – parce qu'elle l'a achetée l'an passé –, la CPR s'est trouvé obligée de changer les rails, de refaire le tronçon. Ici, comme un peu partout, on roule sur des largeurs de mille quatre cent trente-cinq millimètres. La ligne du Nord supportait un tramway et des charges légères, juste assez pour approvisionner les chantiers, monter des pièces détachées de moulin à scie et déplacer les colons qui partaient s'installer plus haut à Laniel, Fabre, Ville-Marie et plusieurs autres petits villages. Ça vous explique pourquoi il y a de nouveaux «*extra gang*» dans le coin.

– *Extra gang?*

– Ah oui, vous arrivez, vous! Pas habitué à notre jargon, encore. Ceux qui posent les rails, on les appelle comme ça. Et la ligne du Nord, on la nomme «Le tramway Gendreau» à cause d'un prêtre colonisateur, alors que les Anglais l'appellent la «*Mocassin Express Line*». Pour revenir à la voie ferrée vers l'ouest, c'est du passé. En moins de dix ans, venue et partie. Ainsi votre question: Où on s'en va? Les Métis, en arrière, eux ils connaissent un sorcier, ils vont vous le dire!

Major m'a alors raconté tout ce qu'il savait des deux projets même s'il n'avait pas lui-même une idée juste d'où tout ça s'en allait. Il m'a parlé d'un côté de Québec, qui veut développer son arrière-pays mais qui n'en a pas l'argent. De l'autre côté, il m'a souligné les projets d'Ottawa et de la CPR.

– Dans le mot CPR, il y a le mot Pacifique. Ottawa et la compagnie CPR n'ont qu'une ambition, l'Ouest, monsieur. Le vrai *Far West,* pas l'ouest du Québec. Mon histoire de l'écartement des rails, ça dit tout: Québec se limite à une vue étroite du monde, alors qu'Ottawa voit large ! En tout cas, loin. La côte ouest du pays. Au moment où je vous parle, je parierais qu'ils sont rendus à Vancouver. Nous ici, à Mattawa, on est un petit jalon entre deux grands projets de nature très différente. Le Québec cherche de nouvelles terres sur son territoire et Ottawa veut créer son *Dominion*. Mettez ça ensemble, vous ! Ça ne tient pas dans le courant ! Pour Québec, on représente un point de départ vers le développement du Témiscamingue. On pourrait être une plaque tournante et en même temps se développer comme communauté française sur les bords de l'Outaouais. Pas mal bonne, cette vision, mais faudrait y consacrer les moyens.

Alors que j'essayais de comprendre pourquoi le ministère de la Colonisation du Québec m'avait envoyé ici, Major continuait…

– Pourquoi pensez-vous que la CPR a acheté la ligne à mocassin ? Pour coloniser le Témiscamingue ? Pas du tout. La compagnie entretient une connivence avec les barons du bois, les Mackeys, McLaren, McLaughlin, Lumsden, Eddy, Booth – tous des Écossais, en passant. Dans leur patois gaélique, « *What's yours is mine, what's mine is untouchable !* » Ils souhaitent se procurer le matériau à Lumsden Mill. Vous verrez, la CPR va poursuivre la voie ferrée jusqu'au lac Kipawa et elle va s'arrêter là. Vous savez, le lac Bibeau, la Marmite de Géants et le lac Mazenod, ça ne leur dit rien de spécial. À vous non plus ? C'est que vous n'êtes pas passé chez les Oblats, hein ? Pour nous, les premiers arrivants, ces noms nous servaient de repères. Nous avions l'impression de rester attachés à nos origines. Puis, ça nous reposait de tous ces noms anglais !

Il m'a entretenu abondamment des avantages du système métrique, des rails séparés d'un mètre exactement, prédominant en Europe... Dans ce système, semble-t-il, le rayon de courbure est plus restreint et les trains tournent sur un trente sous, ce qui est commode dans les coins serrés. Les rails, plus légers, se posent plus rapidement. Ils prennent moins de fer et moins de bois. C'est économique. En montagne, des wagons moins lourds, c'est très apprécié de la locomotive!

– Voyez-vous, tous ces bénéfices n'impressionnent pas les barons du bois, qui veulent justement le contraire: utiliser le plus de bois possible. C'est le gouvernement qui paie pour le bois ou c'est la CPR qui exploite aussi des sidérurgies. Ajoutez à cela un gouvernement central qui se veut *Dominion*, pis on est faits à l'os. L'expansion, eux ils connaissent. Par contre, Québec ne sait pas tirer avantage de ses forces. Québec se voit-il comme un pays? On ne bâtit pas un large territoire en suivant les privilèges des compagnies seulement. Bon, ben, j'entends le sifflet de la scierie. Ce ne sera pas long avant que le bedeau fasse sonner ses cloches. Déjà midi! C'est tous les jours pareil ici. Un jour, le bedeau sonne avant le sifflet, le lendemain, c'est le sifflet avant les cloches! Ottawa ou Québec, c'est la même maudite chose! Personne n'a l'heure juste. Pis moi, j'ai trois messages à télégraphier. À bientôt.

24 octobre 1889

Major est l'homme pour la fonction, il n'y a pas à redire! Il a piqué ma curiosité. Je comprends mieux les enjeux. Je me retrouve ici au service de la colonisation. Mais laquelle ? Celle d'Ottawa ou de Québec ? D'un côté, on peut constater des faits : la richesse, les propriétaires, les activités quotidiennes, le nombre de familles. Je peux inscrire des colonnes et additionner les sommes. Deux projets sont visiblement en marche et ils avancent de manière inégale. De l'autre, il y a ce que je sens, ce que les gens autour de moi intuitionnent. Je suis beaucoup plus influencé par ceux que je fréquente. Les Canadiens français. Je ne vois chez eux aucune différence avec ceux que j'ai connus au Québec. Nous nous inscrivons ici dans une continuité, me semble-t-il. Bien sûr, la concentration de personnes moins nanties et moins instruites est plus grande. Mais nous vivons comme au Québec. Y aurait-il ici un Québec en marche ? Est-ce cela, la continuité culturelle ?

Il faut que je retourne visiter Major. Quelle mine de renseignements !

28 octobre 1889

En entrant, j'ai remarqué la théière fumante sur le coin de son poêle à charbon. Chez Major, la senteur de l'anthracite se mêle aux odeurs de graisse des bielles et des vilebrequins activant les locomotives. J'ai humé les copeaux de bois, les biscuits au gingembre en réserve pour les chantiers, les barriques de lard salé, les cornichons à l'aneth, la mélasse aussi. Entrer à la gare, c'est pénétrer dans un univers à découvrir. Même si c'est pour revenir vers le sien. En fait, j'entre ici comme au magasin général de Saint-Jovite. On n'est jamais loin de son enfance.

Major était occupé. Il parlementait ferme avec un Anglais. Il avait des comptes à rendre, à ce que j'ai pu en retenir. Je me suis servi un thé dans un gobelet émaillé.

Major est de ceux qui ne ratent jamais une entrée en conversation. Il maîtrise l'art de vous dérouter.

– Ah ! vous avez trouvé un quart propre, à ce que je vois.

– Un « quart » ?

– Mais voyons donc, docteur ! D'où vous venez, vous ? L'autre jour, c'était *l'extra gang*, pis aujourd'hui le quart. Vous tenez en main un gobelet avec une anse pouvant contenir un quart de litre. On s'en sert dans les épiceries, avant de le transformer en pièce de ménage. Ça brise pas, c'est léger, facile à nettoyer en l'ébouillantant. Alors, vous avez déballé vos instruments de médecin ? Et l'installation chez les Townsend ? Madame, c'est une perle et lui, une coquille d'huître, n'est-ce pas ? Qu'est-ce qui vous amène ce matin ?

– Je suis resté sur ma faim avec vos histoires de colonisation. Après m'avoir parlé de deux côtés de la médaille, Québec d'un côté et Ottawa et la CPR de l'autre, vous avez mentionné qu'il y avait un envers de la médaille à considérer. Un autre ?

– Ouais, c'est une médaille à trois côtés, au moins.

Il m'a alors raconté qu'en raison de son travail il jouissait de grands moments qu'il pouvait consacrer à lire les journaux laissés à la gare. Après tout, entre les télégrammes et les trois trains par semaine… il avait tout son temps. Il m'a fait remarquer qu'il n'était pas marié. J'ai compris à son air qu'il cherchait à savoir si je l'étais. Major, l'enquêteur !

– Depuis 1880, je vous dis, nous vivons à une autre allure partout dans le monde. Il faudrait peut-être qu'on change de vitesse nous aussi. Voici ma compréhension de l'affaire. Au sud de la ligne de chemin de fer est-ouest, il s'en trouve une semblable plus importante, qui relie Montréal et Toronto et diverses villes des États-Unis en passant par Sarnia et Windsor. C'est la Compagnie du Grand Tronc (Grand Trunk Railway Company of United States). À Londres, où vivent les propriétaires de la compagnie, les liens avec les États-Unis sont plus alléchants que ceux avec l'Ouest canadien. Ce qu'ils ont perdu avec l'indépendance américaine, ils essaient de le reprendre par l'industrialisation et les capitaux. La compétition est farouche.

Il m'a alors parlé de la nouvelle ligne de chemin de fer entre Toronto et North Bay. En étant directement relié à la capitale provinciale, ce village, à quelque soixante milles à l'est de Mattawa, est en voie de devenir une plaque tournante régionale, de loin plus importante que Mattawa. North Bay, *the Gateway to the North*.

– Pourquoi le Grand Tronc s'est-il retrouvé à North Bay ? Je vais vous le dire, moi. On parle de gisements de cobalt au nord de North Bay, puis de nickel à Sudbury. Des gisements importants, semble-t-il. Dans leur tête, ils ne transportent plus de bois et de charbon, non monsieur !, mais plutôt du minerai.

Il a poursuivi :

– Nous, les Canadiens français, on n'apparaît juste pas dans le portrait, à moins que ce soit pour la main-d'œuvre, et là au même titre que les autres nationalités. En fait, je vois dans les journaux des offres d'emploi destinées aux Polonais, aux Ukrainiens, enfin à tous ceux qui veulent venir. Ce monde-là sont moins chialeux que nous. Pis ça leur fait rien de parler anglais. Ils ont rien à perdre et tout à gagner. Nous, on est tout mêlés. On aménage un p'tit Québec ou on s'intègre dans une migration anonyme ? Allez donc savoir ! Pour nous, le Régime français a existé auparavant. Ça nous distingue. Champlain, la Compagnie des Cent Associés et combien d'autres sont passés par ici ? Ici, pour nous, une histoire bien plus ancienne se perpétue. Presque à notre insu. Vous avez remarqué que les plus vieux ont l'air de sauvages ? Y a un campement de Métis en arrière. Ça, c'est des Canayens déguisés. Même sang ! Tous les cours d'eau et quelques patelins portent des noms français aussi. On n'est pas des *DP* (*deported people*), nous autres.

Il a renchéri sur l'histoire du triangle Ottawa-Toronto-Londres. Il a voulu préciser que les barons du bois qui avaient attiré les travailleurs n'étaient que de petits investisseurs d'un projet beaucoup plus large. Selon ce qu'il lisait, toute cette expansion allait bientôt connaître sa fin. Alors Mattawa ? Une histoire à suivre. Notre petit monde ne sait même pas dans quelle galère il s'est engagé.

– À qui le dites-vous !

Pour une initiation, on ne pouvait demander mieux. Les analyses de Major me passionnaient et m'instruisaient. C'était donc cela, Mattawa. Pour moi, le choix ne se posait pas : je ne comptais pas m'expatrier dans l'Ouest. Je resterais ici le temps qu'il faudrait pour installer les services hospitaliers que la communauté réclamait. C'est pour ça que j'avais quitté temporairement le Québec. Pour m'y retrouver, il me suffirait de prendre mon canot le dimanche et de traverser la rivière ! Même si nous étions en plein bois ! Cette seule évocation suffit à me soulager.

Les travailleurs, mes patients

Dès mon arrivée à Mattawa, je me suis installé à l'hôtel Townsend et j'ai travaillé de mes appartements. La situation me donnait l'occasion de t'observer. J'ai rapidement compris que la vraie patronne, c'était toi. Tu veillais à tout : l'équipe de la buanderie dans la cave, les filles de chambre et les cuisines, que tu dirigeais. Vous auriez pu faire fortune si Townsend n'avait sitôt bu tous vos profits. À huit heures le soir, il lui restait à peine la force de décapsuler les bouteilles de bière, il oubliait de collecter l'argent des clients et il te revenait de terminer la veillée derrière le bar. Tu collectionnais les consommations non payées. Quelquefois, dans un sursaut de lucidité subite, se sentant humilié par son indigence, il utilisait contre toi ton insistance auprès des récalcitrants. Il se redressait alors sur son tabouret et lançait à tue-tête : « Laisse donc Jim tranquille. C'était ma tournée, espèce de chipie ! » Tu te recroquevillais alors dans la honte une seconde fois après celle d'avoir eu à réclamer ton dû. À la dérobée, certains clients sympathisaient avec ton malaise et te refilaient l'argent. Combien de fois ai-je consigné des détails semblables dans mes cahiers de notes ? Ces faits auraient pu être pures banalités. N'est-ce pas le lot des tenancières d'être exploitées ? Mon trouble se trouvait ailleurs.

3 novembre 1889

Ce soir, comme tous les soirs depuis mon arrivée, je suis venu souper. Comme d'habitude, j'étais un des derniers et je me suis aperçu que ta présence me troublait. Pour t'avoir observée les autres soirs, j'avais envie de te dire combien tu étais exploitée. Et ta façon de me regarder semblait implorer de l'aide ou une petite attention. Te sourire a suffi pour que tu sembles heureuse. Mais l'es-tu ? Tous te trouvent affable. Ta première préoccupation de bien servir tout le monde se remarque. Pourtant, un soupçon de mélancolie aux commissures de tes lèvres me permet d'en douter.

À force de te regarder, je sens un pincement au spectacle de ta désinvolture auprès des clients qui ne se privent pas, gros patauds, de laisser traîner leurs mains sales sur ton corps. Malgré les apparences, il ne semble pas y avoir de signification à accorder à ce commerce. Pour une tape sur les fesses, tu vends deux consommations de plus. Cela n'engage à rien. L'idée ne te viendrait pas d'une intimité plus poussée avec ces clients. Pour eux, tu demeures la patronne. Ils connaissent les limites. La différence de rang entre propriétaire et travailleurs saisonniers n'est jamais remise en question.

Pourtant, ce soir, une colère monte en moi que je ne comprends pas. Une révolte me saisit. Comment peux-tu accepter pareilles familiarités ? En quoi cela me concerne-t-il ? Du coup, devant cette remarque que je me fais, je me referme. J'évite d'avoir à m'expliquer ma fascination à ton égard. Je suis confus devant l'attrait et le trouble que tu me causes. Je suis à la fois attiré par ta personne et déçu d'un aspect que je n'arrive pas à saisir. Clairement, quelque chose fomente en moi.

16 décembre 1889
Ce soir, ça m'a repris. C'est pire les dimanches soir. Il n'y a presque pas de clients dans la salle à manger. Ces regards furtifs de part et d'autre ? Les silences et les sourires gênés. Quand tu t'es approchée avec les plats, j'ai remarqué ton soupir. Et moi ? Le cœur en chamade ! Tu t'es penchée au-dessus de la table. Mes yeux ont fixé ton corsage. Pourtant, je mettais tout mon effort à scruter les dentelles et les doubles coutures de ta chemise. « Quel beau travail de surjet », me suis-je dit ! Je me suis retenu de commenter. De quoi aurais-je eu l'air ? « Vous savez, un médecin, ça porte attention aux détails de suture ! » Et tu restais là alors que le service était complet. Tu as retiré ta main lentement en laissant glisser tes doigts, si longs et effilés, sur le bois ciré de la table. Tu t'es penchée de nouveau pour rapprocher le sel et le poivre comme si je ne pouvais pas les atteindre moi-même. J'ai alors senti la chaleur de ton corps. Et le froufrou des tissus de tes vêtements au moindre de tes gestes. Je me suis reculé sur ma chaise. Bêtement, j'ai dit : « Je vous remercie ». En te vouvoyant, j'avais l'impression de reprendre contrôle de mon espace. Maintenant, à mon pupitre, je me rends compte que je suis sous l'emprise d'émotions fortes.

J'arrivais le dernier parce que mes journées de travail se terminaient tard. Il me fallait désinfecter le cabinet, ce qui me prenait beaucoup de temps. L'hygiène douteuse de mes patients m'obligeait à imposer des mesures draconiennes. La population de Mattawa était jeune, j'avais donc à m'occuper essentiellement de naissances, de maladies infantiles et des accidents de travail. Les hommes s'amenaient toujours en se tenant une main, le plus souvent gantée. J'enlevais ce gant puant pour découvrir quelquefois une égratignure, ce qui valait au patient une bordée de jurons salés et le droit de descendre à la taverne prendre une bonne rasade. La plupart du temps, je me trouvais devant un pouce arraché. À l'époque, les cabochons étaient enfoncés contre les rails à l'aide d'une machine hydraulique. Le marteau avait l'habitude de glisser sur les clous, arrachant du coup la main de celui qui le retenait. Très tôt, les ressemblances entre tous ces accidents me frappèrent tellement que j'ai commencé à dénoncer ces pratiques douteuses. On m'a répondu d'Ottawa, en anglais, que c'était la première fois que l'on signalait pareille situation depuis que le Canadien Pacific avait été mis en chantier. Il s'agissait certainement d'un cas isolé.

Pourtant, quand je me suis mis à interroger mes patients, j'ai vite compris que c'était plutôt systématique comme manière de faire. Pour éviter de perdre du temps – et donc de faire baisser les salaires de l'équipe –, le chef incitait l'apprenti qui tenait les clous à en prendre un dans la barrique pendant qu'on fixait celui se trouvant dans l'autre main. Au lieu de garder les yeux sur la riveteuse et de ramasser les clous de la barrique à l'aveuglette, il faisait le contraire! Immanquablement, la machine passait à côté du clou, écrasant la main contre la pièce du rail. Aux plus jeunes d'écoper, semblait-il. Ils avaient seize, dix-sept ans tout au plus, des enfants. Les moins expérimentés exécutaient les tâches les plus dangereuses. Après, ils avaient tous un pouce en moins. Curieux, j'étais allé observer sur place la pose des rails durant mon jour de congé en semaine. Le contremaître avait fait des gorges chaudes en me voyant. « Monsieur le docteur veut-il poser des rails ? » Il avait tenté de m'intimider, parce qu'il connaissait trop bien la raison de ma visite.

À ce jour, je garde en mémoire ce théâtre infernal. Pas tant les échanges avec les patrons que le spectacle de voir ces ouvriers déambuler. Je marchais sur le tracé de la voie ferrée à leur rencontre. Ils défilaient à la queue leu leu, les bras ballants démesurément longs à leurs côtés, les mains presque à hauteur des genoux. Leurs pas étaient lents ; ils titubaient de fatigue. Quand ils arrivaient à ma hauteur, je les regardais intensément dans les yeux pour faire contact. Eux, ils fixaient un point au sol à quelques verges en avant. Immanquablement, tous avaient ce même regard absent et hagard. C'est un peu comme s'ils se disaient, mais ce n'était pas le fruit de leur volonté : « Tant que je fixe ce point, je peux avancer. Avancer d'un pas, c'est ma seule préoccupation. » Cette expérience m'a marqué à jamais. Je ne voyais plus des individus devant moi, mais des automates qui déambulaient selon une même mécanique. Effrayant ! Le questionnement interpelle la médecine au plus haut point.

Je me demande en rétrospective s'il n'y a pas un lien avec les découvertes du neurologue Charcot à la Salpêtrière à Paris. Je réentends des bribes de conférences lors de ma formation à l'Université Laval. On y avait fait référence. Charcot travaille sur les états altérés, les automatismes et le somnambulisme. Son exploit a été de reproduire ces états par l'hypnose. Ses découvertes et expériences m'ont fasciné. Ici, ces ouvriers sont comme les vagabonds décrits par Charcot. Ce sont des gens qui entrent dans un genre de transe devant l'inanité, la famine, les privations de sommeil et certains troubles psychologiques. Mais dans notre cas, comment en arrive-t-on à cet état sans intervention autre que par l'épuisement ? Ces êtres sont assimilés à un état second.

25 avril 1890

Ce soir, il y a huit mois que je suis arrivé. Et je me sens découragé. Je n'ai personne avec qui partager le climat médical à Mattawa. Je me rends compte combien la médecine, l'économie, la politique sont liées. Au mieux, j'arrive à rafistoler un membre sur deux. Rien n'est jamais gagné. Les jeunes écervelés que je soigne refusent d'attendre la fin de leur guérison, prétextant l'ennui, le besoin d'argent, sans compter le danger de boire leurs minces réserves. Je perds ainsi la moitié des pouces raboutés. La gangrène court vite dans leurs baraques malsaines. Comment ne pas perdre patience avec de tels énergumènes ?

Je reste toujours épaté par la capacité des gens de s'adapter à leur métier. C'est à se demander si certains traits d'hérédité ne viennent pas assurer les caractères nécessaires à leur survie. La théorie lamarckiste trouve son compte ici. De toute évidence, la violence, l'excitation que ces travailleurs vivent semblent à la mesure de ce qu'ils subissent d'exploitation, d'abus, de négligence criminelle de la part des chefs de gang, des compagnies et des inspecteurs du gouvernement eux-mêmes. En perpétuel état de survivance, ces bougres n'agissent que par impulsivité. Violence contre eux-mêmes, leur entourage, contre leurs semblables. Tout se conçoit dans l'immédiat, se règle dans la spontanéité. Aucun recul face aux événements. Mais n'en sommes-nous pas tous là ? La tension maintient un semblant d'équilibre même dans les zones les plus basses de notre conscience. Sur la misère des individus que je fréquente, un pays se construit. Est-ce là le prix à payer ?

Et nous …

En relisant les notes de mon journal, je constate que l'allusion aux travailleurs et à leur milieu n'est pas étrangère à nos vies. Du moins, pour l'heure, je perçois le rapprochement. Notre relation se forgeait au même rythme de survivance. Toi, je l'ai saisi, tu tentais de t'évader d'un mariage houleux et d'un passé dont tu ne m'as jamais dit rien qui vaille. Moi, la prise en charge des obligations d'une jeune colonie me grisait. J'y trouvais mon compte, mais je créais aussi les raisons de mon ressentiment à venir. Je me suis épuisé à des tâches autres que la médecine. La vie nerveuse l'emportait sur le volontaire et le raisonnable. Notre âge, notre insouciance, l'inexpérience, la destinée nous propulsaient en avant.

L'effervescence d'une région à habiter régnait dans cette jeune colonie, une effervescence qui saisissait même les plus démunis, à qui la possibilité d'être assurés de travail pendant plusieurs années faisait oublier l'absence de qualité de vie sur ces durs chantiers. Je me souviens que des centaines d'hommes étaient laissés à eux-mêmes les samedis soir. Ils envahissaient le village en quête de boisson et de femmes. C'étaient mes « meilleures » soirées. À la suite de bagarres en règle, je devais panser, recoudre des oreilles et des paupières, mettre dans le plâtre des membres fracturés avec des barreaux de chaise. Je pouvais toujours faire rembourser la pose d'un plâtre, mais des points de suture ?

Le lendemain, le patient niait m'avoir vu malgré l'évidence. Ces durs à cuire ne sentaient rien, donc rien ne leur était arrivé. Ils excellaient pourtant à se rappeler leurs responsabilités entre eux : « Allez, Jos, crache, sinon le docteur va te laisser sur le carreau la prochaine fois. » Là, Jos s'empressait de payer, non pas à cause de la menace, mais par remords de conscience. « Je m'excuse de vous avoir dérangé samedi soir. » On me dédommageait pour l'inconvénient et non pour le service. Ces hommes maîtrisaient à peine les règles minimales de courtoisie. Quant à savoir s'occuper de leur bien-être, de suivre les règles de base de l'hygiène, il ne fallait pas y penser. Leur attention ne s'étendait pas au-delà des tâches immédiates et routinières.

Jamais je n'arriverai à dire simplement ce qui m'a amené à noter par écrit ces faits au départ. Pourtant, maintenant, chaque fois que je prends la plume, des souvenirs me reviennent de ces années à Mattawa. Je suis bousculé par ces retours de scènes. Je veux les partager comme elles viennent. C'est pour moi la seule façon de les démêler. Peut-être ?

DEUX

Nos premières années

Deux ans après que je me suis installé à Mattawa, on a construit l'hôpital. C'était en 1891. Quelle différence cela a fait dans nos vies ! Et celles des religieuses, surtout, qui depuis une dizaine d'années se débrouillaient dans une annexe de leur couvent. Elles y nourrissaient les pauvres tout autant qu'elles y soignaient les malades. Elles étaient sept en comptant mère supérieure quand je suis arrivé. Y aura-t-il quelqu'un pour rendre compte de leurs années de dévouement et de courage ?

6 mai 1891

J'arrive du chantier. Ce n'est déjà plus un chantier en réalité. J'ai pu visiter tous les locaux. Les futures chambres des malades, le bloc opératoire, le dispensaire, même la pharmacie avec ses étagères vitrées est fin prête. J'ai pris plaisir à humer les senteurs de bois. Dans le hall de réception, les poutres en bois d'œuvre ont été laissées à découvert au plafond. De belles pièces bien rabotées, mais au naturel. Sur le côté, tout le long du grand corridor, le mur extérieur est ajouré de grandes fenêtres à guillotine. Je peux déjà imaginer le vent de la rivière venant rafraîchir les lieux les soirs d'été. Entre ces fenêtres, des panneaux en cèdre viennent embaumer l'hôpital. Un peu partout entre les lambris en plâtre, une solive ou quelques chevrons d'un comble apparaissent. L'effet est chaleureux. Du travail bien fait! Partout, on peut apprécier la fierté de nos ouvriers, qui y ont mis tout leur cœur et tout leur savoir. Pour monter à l'étage, on emprunte à la droite de la réception un grand escalier dont la main courante est une œuvre d'art. Faite d'un bois de feuillu noble, érable ou chêne peut-être, tournée à la main. Elle ne supporte pas, elle vous transporte tellement elle épouse la main. Les ouvriers ne se sont pas contentés de suivre à angle droit les murs, ils ont réussi à lui imprimer un mouvement circulaire d'une grande élégance. Je vais prendre plaisir à l'utiliser tous les jours.

L'existence de cet établissement sort notre colonie du provisoire. Un dernier coup de balai et nous allons prendre possession des lieux avant la fin juin.

23 mai 1891

Aujourd'hui, je suis allé au presbytère rendre visite au père Nidelec. Il s'y trouve au repos depuis deux ans, à peu près au même moment où je suis arrivé. Repos forcé, faut-il préciser. On m'avait dit qu'il pourrait me raconter dans le détail les aléas de la construction de l'hôpital, dont il était le grand instigateur. J'étais curieux, la plupart des pourparlers ayant eu lieu avant mon arrivée. J'ai failli regretter ma visite tellement il est entreprenant. Quel conteur, oui! Mais de l'hôpital, je n'ai guère appris davantage. Pour lui, ce n'est qu'un détail parmi les nombreux accomplissements de sa vie de colonisateur. J'ai vu chez lui le rêveur, le planificateur, le semeur d'idées qu'on m'avait décrit. Il ne s'arrête pas aux réalisations comme telles. Ce ne sont que des instruments au service des humains. Est-ce son humilité ? Il s'en détache complètement. Il se trouve heureux s'ils sont de langue française et catholiques !

Avant d'être pasteur, il a été entrepreneur et visionnaire. Il m'a plutôt entretenu de son territoire à lui. Il a passé sa vie à bourlinguer et à installer des colons. Dans son esprit, Mattawa est un jalon dans l'histoire du Témiscamingue. Son intérêt prime pour le Rapide-des-Érables à l'embouchure du lac Témiscamingue et la baie des Pères, mieux connue aujourd'hui comme Ville-Marie. Chez les Oblats, le culte à la Vierge est très répandu. J'ai eu droit à toutes les péripéties de ses efforts pour peupler cet arrière-pays souvent abandonné par Québec et, à n'en pas douter, inconnu du gouvernement central. Je me demande si l'abandon par l'un et l'ignorance de l'autre étaient intentionnels. Le bon père lui-même serait-il en cause, oubliant de partager ses efforts avec les instances politiques ?

Quelqu'un devrait noter ses histoires, qui ressemblent aux propos de Major. Le père Nidelec ne semble cependant retenir qu'une version des faits pour expliquer notre présence ici : la colonisation des Canadiens français. Qui sait, ce sera peut-être la sienne qui prévaudra ?

Je n'ai pu m'empêcher de lui faire remarquer que je lui trouvais le teint pâle et le souffle court. Quand il s'assoyait ou se relevait de sa chaise, il grimaçait, cachant mal une douleur. Je l'ai interrogé sur sa condition. Il m'a dit relever d'une hernie mal soignée dans le passé. J'ai demandé si je pouvais l'examiner. «Vous savez, au point où j'en suis, il vaut mieux laisser la vie suivre son cours. On finira tous au même endroit à l'heure voulue.»

16 août 1892
Depuis le début de mon installation, nous échangeons beaucoup, surtout le soir après les repas. Combien de pages ai-je déjà barbouillées à la suite de nos conversations ! J'ai peine à me relire tellement je les gribouille vite en fin de soirée, fourbu après une longue journée dans mon cabinet.

Je décide de m'afficher pour qui je suis. J'ai décidé d'apporter un livre à la table au souper. Il n'en faut pas tant pour m'isoler des autres, comme si mon métier de médecin ne suffisait pas par lui-même. Je lis tout ce que je n'ai pas eu le temps d'assimiler pendant mes études classiques : Péguy, Claudel, Carrel, Hugo, Jaurès, Gide, Pasteur. Tu es curieuse de connaître mes lectures.

J'ai pris l'habitude de résumer un texte et de retenir une citation, que je te lis. Ce qui déclenche toujours chez toi les commentaires les plus spontanés. C'est comme si tu attendais ce prétexte pour te situer dans le texte que tu n'as, de toute évidence, pas lu. Tu as une belle intuition de ce qui entoure ces passages. Tu reconstitues le sens, l'essence, à partir de peu d'information. Je suis fasciné par ta grande perspicacité et ton appétit de savoir. Cette évasion du milieu nous attire l'un vers l'autre. J'en ai tellement besoin. Et je vois que c'est la même chose pour toi.

Ce soir, devant ton insistance, j'ai résumé la thématique des *Cahiers d'André Walter*. Le rapport à la matière, l'extase devant la vie, en fait, la passion. Et j'ai lu : « Chaque jour, d'heure en heure, je ne cherchais plus à nier qu'une pénétration toujours plus simple de la nature. Je possédais le don précieux de n'être pas trop entravé par moi-même. […] Chaque désir m'a plus enrichi que la possession toujours fausse de l'objet même de mon désir. »

Sans hésiter une seule minute, ton propos est sorti de ta bouche comme si tu avais eu des heures pour réfléchir.

– Je trouve puériles cette perspective de quête incessante de bonheur et, en même temps, cette retenue de séminariste.

– Ah ! Peut-être ? Si on retranche la simplicité recherchée, ai-je rétorqué.

– La simplicité, ce n'est pas ce qui t'étouffe à ce que je vois.

– Je me demande bien ce qui te permet cette liberté à l'égard de mes sentiments.

– « Entravé par moi-même », ça te dit quelque chose ? Je ne serais pas étonnée que tu te présentes à toi-même l'image d'une personne sensible et affable. Tu aimes la nature à ce que je constate. Mais de là à la « pénétrer » ? Prends plutôt les mots d'Hafiz : « Apportez-moi du vin / Que je tache ma robe / Car je chancelle d'amour / Et l'on m'appelle sage ». Vivre c'est ça ! Pas de demi-mesures et la sagesse en même temps. Tu saisis ? Comment il s'appelle, ton auteur ? Gide ? Il me fait l'impression d'une personne empesée comme mes draps. Comme ma vie aussi.

Je n'ai pas su quoi répondre. J'aurais pu tirer profit de cet échange, mais nous restons en face à face dans un labyrinthe de faux-fuyants et nous nous contons des fabulations. N'importe lesquelles, à condition de ne pas voir le gouffre sans issue. Tant la vie extérieure que nos dialogues ne mènent à rien qui vaille. Je me demande si la rencontre de nos esprits, si jamais elle existe, n'est que pure coïncidence. Moi, médecin, dans cette contrée hors limites, m'évadant dans des lectures européennes. Anachronisme consommé !

N'est-ce pas là la fuite la mieux dissimulée devant l'insignifiance de mon être ? Depuis le début de mon installation, je me pose des questions. Qui sommes-nous ici ? Qu'est-ce que je suis venu faire à Mattawa ? Et toi, petite propriétaire d'estaminet, ne rêves-tu pas aux grands hôtels du colonialisme parsemés à travers le monde : Casablanca, Bombay, Pondichéry et tous ces comptoirs de la côte africaine ? Nous déambulons en tant que figurants de notre propre vie, au pire à titre d'agents doubles se réincarnant d'une scène à l'autre. Nous n'échangeons rien sur le sens personnel que prennent nos rapports. Toi, déguisée en colonisatrice inconsciente ; moi, le colonisé trop instruit pour son rôle. Du mauvais théâtre ! Tu pourrais jouer Catherine dans *Wuthering Heights* et moi, Charles dans *Madame Bovary*, mais tu n'es pas Emma ni moi, Heathcliff. Nos personnages ne se rencontreront pas de sitôt. Je ne te vois pas me disant : « C'est la faute de la fatalité ! » ni moi, te suppliant : « Entre Cathy, Cathy entre ! » Nous sommes tellement plus terre à terre. Il existe des bouts du monde qui font rêver. Le nôtre prive l'imaginaire de tout sauf les réflexes de survivance.

26 septembre 1892
À Mattawa, la vie ne nous porte guère au roman ni à la poésie. Pourtant, je me sens happé dans l'irréel. Que suis-je en train de faire ? Seul un recul permet de comprendre sa propre tragédie. Nous restons pourtant le nez collé sur ce qui se déroule devant nos yeux. Voir l'évidence ? Tout juste. Imaginer le sens derrière nos réalités ? Impossible. Le quotidien se charge de meubler nos esprits pendant que nos corps s'affairent à répondre aux exigences les plus pressantes. La difficulté de se percevoir prend sa source dans des profondeurs insoupçonnables. Parler du temps qu'il fait, commenter le dernier potin du village, à la limite remettre en question une rumeur politique, c'est ce que nous savons le mieux papoter. Mais, même cela n'est que le symptôme d'une ineptie plus générale. L'évitement décrirait davantage nos comportements. Lequel pourrait commencer à démasquer l'autre ?

Qui sommes-nous ?

C'est cette même année que la turbulence s'est amplifiée pour nous. En rétrospective, nos vues sur nous-mêmes dans le feu de l'action ne brillaient pas de lucidité. L'habitude se prend dans l'inconscience, elle s'installe et on s'endort comme dans un lit douillet. Moi, chez vous. Toi et ton ménage bancal. Il n'y a aucun doute dans mon esprit maintenant, nous nous dirigions vers cet instant fatidique.

28 septembre 1892
Ce soir, je t'ai interrogée sur ta provenance. Tu m'as raconté que ton père était venu s'installer au village dès les débuts. Tu donnes à sa famille des origines écossaises. Tu ne sais pas que le patronyme est apparu vers 1050 en France. Je ne l'ai pas relevé, de crainte de passer pour plus prétentieux que je ne le suis. Il est préférable de se trouver du côté de ceux vers qui on penche naturellement. Toi, la notion de Falkland Palace dans la région de Fife, du côté nord du Firth of Forth, te plaît. Peu n'importe, dans ce pays-ci, ton père a exploité une fromagerie, rien de plus. À partir du moment où le train lui a apporté le lait des campagnes avoisinantes, le travail n'a pas manqué. Il a trimé dur. Puis, un jour, tu as marié ton Écossais parce que c'est ce qui était prévu depuis votre enfance. Son père vous a avancé l'argent pour construire l'hôtel. Tu as été avare de commentaires, plus intéressée par nos discussions que par nos vies.

Tu ne cherches pas à savoir qui je suis. Tu ne montres aucune curiosité pour mon vécu: d'où je viens, où j'ai étudié, qui sont mes amis. Je suis un témoin de tes découvertes, tes insécurités et tes inquiétudes, le peu que tu veux bien partager. Je sens très peu d'attrait de ta part. Pour moi, tout au contraire, nos échanges servent à mieux te connaître. Te rencontrer, à tout le moins. Je devine ton âme dans ces moments passés ensemble. Toi? Je n'en sais rien. Tu parles peu de toi, de ce que tu ressens. Est-ce parce que tu es préoccupée par d'autres choses? Une aura de mystère s'insinue autour de ta sensibilité. Qu'est-ce qui te fait vibrer? Que désires-tu le plus au monde? C'est ce que j'aimerais saisir.

Ce que je vois, plutôt? Tu te replies sur toi-même. Pendant un échange sur l'un ou l'autre des livres que j'apporte, tu peux tout aussi bien te mettre à rêvasser au moment même où je m'enflamme. Tu disparais dans un autre univers. On dirait que le présent ne sert plus que de prétexte à une réalité plus intense. Ta défilade ressemble moins à une vie intérieure qu'à un autre monde à atteindre. Ces lectures stimulent chez toi un état d'envie, dirait-on. Mais alors où vas-tu? Si, par hasard, tu reviens à notre conversation, tu formules un vœu inatteignable. Par exemple, tu peux sans avertissement aucun me souffler: «Je ne suis jamais allée à New York.» Ou encore, dans une rêverie: «Ce doit être bien, Oxford.» L'allusion se lie à peine au sujet de l'entretien. Nous restons ensuite en silence. Moi, décontenancé, me demandant ce que tu as voulu signifier! Toi, repartie dans une mélancolie. Tu ne discutes pas des idées, tu vis plutôt des situations que les livres te suggèrent.

Tu as pris l'habitude d'apporter à ma table ton thé et les livres de comptes, que tu remplis sans application apparente, y inscrivant les heures de travail de chacun des employés, les inscriptions aux chambres, le nombre de repas servis. Il ne te reste que la caisse de la taverne à fermer en fin de soirée.

Ton mari ne prête aucune attention à nos longues discussions. Pour lui, je ne suis pas un homme, je suis médecin! On l'entend de l'autre bord de la cloison se disputer de plus en plus fort avec ses clients. Tu donnes des signes de nervosité. Tu deviens de moins en moins concentrée. Tu te mets alors à empoigner tes cheveux du côté de ta tempe droite en un tourniquet.

Le doigt tourne en rond, machinalement, dans le sens des aiguilles de l'horloge. Des fois, aucune mèche de cheveux ne reste au bout de ton doigt. Ton esprit embobine des idées noires, tourne à vide!

Nos échanges s'assèchent. Tu regardes dans le vide, comme si notre conversation t'ennuyait. J'ai vite compris que rien alors ne peut te ramener à ton état antérieur. Sans en avoir l'air, tu portes en toi une nervosité instinctive. D'ailleurs, tu te plains souvent de crampes à l'estomac. Chez toi, le système digestif réagit mal à tes angoisses, il en est le «canal»: diarrhée, vomissements, flux gastriques, blocage. «Ça ne passe pas!» Ou il en passe trop? Ces signes n'échappent pas à un médecin.

Nous restons là, l'un devant l'autre en silence. Nos regards furtifs, de plus en plus gênés, m'incitent à croire toutes sortes de choses. Est-il possible que?... J'avance des hypothèses plutôt invraisemblables. Je me dis que, la prochaine soirée, je briserai le non-dit, j'irai au-devant de ton mystère. J'éprouve le besoin de dire à haute voix ce que je n'arrive pourtant pas à m'avouer pleinement. Je manque d'assurance. J'ai peur de mal interpréter tes signaux. En sont-ils seulement? Je suis de plus en plus perturbé. Depuis deux ans, nous vivons au quotidien, ou presque. Toi et ton mari n'échangez pas le quart autant que nous le faisons. Tu m'as dit que depuis peu, toi et lui, faites chambre à part. D'un commun accord. Son impotence le laisse meurtri. Son alcoolisme incontrôlé te le rend désagréable. Vous vous en tenez au strict nécessaire des affaires.

Tu ne m'as jamais consulté comme médecin. Nos rapports familiers ne nous faciliteraient pas la tâche. Un jour, l'inévitable se produira.

⁂

Une escapade

Il m'arrive aujourd'hui de croire que pendant toutes ces années je me suis mis en attente. En attente de moi-même. En attente de toi. En attente d'un village à naître. J'ai porté mon attention sur l'espoir. Espérer, c'est arrêter de vivre au présent. Et ça m'a rendu de moins en moins heureux.

J'ai attendu une relation qui n'a jamais pris la forme que j'espérais chez un couple. Dans mon travail, je me suis engagé à faire naître une communauté, littéralement comme médecin, allégoriquement comme défenseur d'une cause qui n'a pas abouti.

Vivre à Mattawa, c'était m'en remettre à l'espoir.

3 octobre 1892

Aujourd'hui, comme de coutume le mercredi, j'ai pris congé. Je me suis assuré d'une pleine journée de repos en partant assez tôt du village. Je suis allé chercher ma jument à l'écurie, qui attendait cette escapade autant que moi. Selon la saison ou mon gré, je circule en longeant la rivière, ou du côté de Pisse-Mont et du mont Antoine, tantôt pour la pêche, tantôt pour la chasse. Ce que j'en ai appris sur les colons au cours de ces escapades.

Au début, en 1889, je suivais les travaux de la voie ferrée, question de voir son avancement. Un mille par semaine. Le campement – que l'on déplaçait de cinq milles en cinq milles pour ne pas épuiser les hommes à marcher, mais surtout pour qu'ils ne perdent pas trop de temps à galvauder du camp au chantier – s'éloignait du village lentement mais sûrement. Malgré tout, les surintendants ne voyaient que des flâneurs dans ces bêtes de somme.

Les travailleurs se trouvaient, ce matin-là, à la deuxième installation au nord du village, trop loin déjà pour qu'ils viennent boire les soirs de semaine. Mais attention au samedi soir! Ça chauffait! Je m'étais rendu au campement sans qu'on m'y invite. J'avais pris l'habitude d'y passer, question de vérifier qu'il n'y avait pas de blessés qu'on n'avait pas cru bon d'envoyer à mon cabinet. C'était déjà arrivé à plusieurs reprises. À titre d'hygiéniste, je devais faire rapport des chantiers publics, mais pour gagner quoi au juste? Sans doute le droit de me faire mentir par un petit fonctionnaire poltron.

J'en avais profité pour me rendre aux cuisines, qui dégagaient des odeurs nauséabondes. On devait encore y apprêter des produits mal conservés. Ces mauvaises pratiques occasionnaient botulisme, taux élevé d'azote, bacilles et même salmonelles. Et combien d'autres bactéries plus familières aujourd'hui, depuis les rapports qu'on nous fait parvenir des tranchées de la guerre en Europe. Encore ce jour-là, je leur avais imposé un régime de désinfectant: du sulfate dans les cuisines, du chlorure de chaux dans les latrines. Tous ces produits figuraient à l'inventaire. Était-ce qu'ils ne savaient pas s'en servir ou qu'ils ne voulaient pas prendre le temps? Ou encore parce qu'ils n'en voyaient pas l'importance et que les inspecteurs, quand il leur arrivait de passer, fermaient l'œil sur ces manquements?

J'avais fait stériliser à la vapeur toute la batterie de cuisine. J'avais demandé à parler au chef cuisinier. Il n'y en avait pas, bien sûr. Ici, on devenait cuisinier quand on n'avait plus la force pour les travées. Être promu aux cuisines venait avec un sens d'échec. Ces hommes étaient définis par la seule force de leurs muscles; pour celle du caractère, il fallait repasser. Les compagnons d'hier vous raillaient parce que vous étiez réduit à ces tâches domestiques.

Cette semaine-là, à l'heure du repas, j'avais noté leurs échanges.

– Tu as vu Jean… niiine au fourneau?

– Ce qu'elle a de belles fesses! J'aimerais bien lui voir la fraise. Tourne-toi donc, ma Jean… niine.

– Mais dis donc? C'est Ti-Jean! Ça te va à merveille, la cuisine, ma Jean… niiine.

Voilà comment on traitait les estropiés du travail.

Forcément, après un temps de dur labeur, le dos de certains déclarait forfait. Transporter des vingtaines de traverses sur des distances d'un demi-mille, cela signifiait pas moins de vingt milles de marche dans la journée, sans compter le poids. On m'avait rapporté qu'au printemps, quand arrivaient du chantier les nouveaux billots, les hommes sacraient juste à les regarder. Chaque traverse verte, dégoulinante de créosote, représentait près de cent livres à se mettre sur le dos. Pour se protéger l'épaule, les hommes volaient aux cuisines des poches de jute, mais ça ne suffisait pas. La créosote se rendait à leur peau, qu'elle brûlait littéralement. Comme des bêtes de somme, ils arrêtaient toujours trop tard, alors que les dommages demanderaient des semaines à guérir. Leur seule façon d'obtenir grâce résidait dans cette forme de démission. C'est leur corps qui décidait au lieu de leur tête.

Chaque fois que je revenais des chantiers, je discutais avec toi de ces péripéties. Tu m'invitais à prendre des mesures auprès du ministère responsable du développement du Nord à Toronto. Tu disais cela avec le plus grand naturel du monde comme si j'avais dû comprendre. Cette ville, pour moi, c'était l'inconnu. J'étais arrivé dans ces terres par une autre filière, celle de mon peuple déraciné. J'évitais les rapports avec Toronto. Par instinct. Cela m'aurait obligé à écrire en anglais des lettres d'indignation et même de menaces devant l'indifférence à la cause des colons du nord de l'Ontario. Il m'aurait fallu avouer, à moi-même d'abord, mon insuffisance en anglais. Quand je me suis décidé à l'essayer, heureusement que tu étais là pour corriger mon anglais. Je leur avais dit que j'inviterais les journalistes du *Globe and Mail* à constater eux-mêmes les conditions de vie dans le *New Ontario*, comme ils appelaient cette région. Cette terre était plus étrangère aux gens du sud qu'à tous ces crottés venus de partout qui posaient les rails, exploitaient la forêt, défrichaient de petites terres ingrates ou dirigeaient un commerce dans le jeune village. Un océan les sépare ; ce sera toujours le cas.

L'incident

10 octobre 1892

Ce matin, je suis parti tôt, optant pour le côté des coupes de bois. C'est une belle journée ensoleillée d'automne comme je les aime. Les travailleurs du bois, plus sédentaires, m'intéressent davantage que les poseurs de rails, qui, dans peu de temps, ne seront plus qu'un mauvais souvenir. En matinée, j'ai pêché un peu. En après-midi, je me rendrai au bout des lignes des arpenteurs contempler le chantier en plein développement.

À flanc de colline, sur le Pisse-Mont, il y a un endroit que nous privilégions, moi et ma monture. Il nous faut descendre à pic de quelques verges et contourner un immense pin que les arpenteurs semblent avoir laissé là comme repère. Il est entouré de feuillus et de vinaigriers qui cachent sa base. Puis, le sentier grimpe à angle très abrupt jusqu'au sommet. Ma jument connaît cette épreuve, qu'elle prend plaisir autant que moi à vaincre. Aujourd'hui, cependant, en contournant le pin, elle a réagi avec plus de vigueur qu'à l'accoutumée. J'ai été décontenancé malgré les précautions que j'avais prises. Un peu plus, elle m'abandonnait à flanc de colline tellement le départ a été rapide. C'était comme si elle avait levé de terre. Les naseaux grands ouverts, elle aspirait et rejetait l'air avec des claquements inhabituels. Elle grognait de douleur, tirant toute l'énergie que ses pattes pouvaient consentir. Entre ses geignements, mes cris d'encouragement et le bruit de ses sabots sur le sol, cet épisode prenait l'allure d'un train d'enfer.

Cette épreuve, que je répète presque chaque semaine, représente pour moi une occasion de vaincre les éléments. J'y reconnais un danger, calculé, mais sait-on jamais ? C'est la part d'inconnu qui me grise. Cette journée de congé me sert d'évasion. Mais toute fuite garde des attaches. Je ne peux demeurer désœuvré près de toi à l'hôtel. Je viens oublier – non, je viens entretenir ta présence, mais, de loin, cela me paraît plus supportable.

Autre note, fin d'après-midi, le 10 octobre 1892
Rendu au sommet, j'ai eu de la difficulté à immobiliser ma monture. Elle est demeurée effarouchée tout l'après-midi. Je me demandais ce qu'elle avait. Je suis descendu la calmer et boire mon thé. Sa robe était ruisselante, elle toussotait, impatiente de continuer. Elle a peut-être eu peur d'un petit animal. Il faudra que je me souvienne de cet épisode et que je fasse attention la prochaine fois. Elle aurait pu facilement me faire tomber de selle.

Quand j'entends le vent passer dans les naseaux du cheval, quand je l'entends renâcler, je me sens léger. Je sais que cette bête vit pleinement. Ses pattes frémissent. Son œil vigilant scrute les alentours. À ce moment-là, je sors de ma torpeur. Ma déprime s'évapore. Je regarde l'immense territoire à mes pieds. Je vois ce grand pays vers le nord et l'est. J'habite son extrémité limite. Je sens qu'il m'appartient. Ne m'importent plus les tracasseries du jour. J'entre dans une extase où ce qui me tient à cœur prend une forme évanescente comme le goût du gingembre et l'odeur de l'encens. Souvenirs d'enfance et de rites religieux. Un vent de joie et de puissance me fouette la figure. Demain, il fera beau et je serai là.

10 octobre 1892, en soirée
Quelle longue journée. Je suis fourbu. Accourus devant l'écurie, des employés affolés m'ont crié de me

rendre directement à l'hôpital. La « patronne » avait eu un accident. Des arpenteurs t'avaient trouvée à moitié évanouie au bas d'un précipice.

Quand je suis entré, tu étais étendue sur le lit aux urgences, penchée sur ton côté droit. On t'avait administré un calmant et on avait appliqué une lotion ammoniacale camphrée, je l'ai détecté en arrivant dans la salle. Tu semblais légèrement fiévreuse. Je me suis savonné les mains. J'ai enfilé en vitesse un sarrau et je me suis approché de toi. Jusque-là, j'avais pu me concentrer à jouer mon rôle de médecin.

Quand sœur Sainte-Jeannine a soulevé le drap, je suis resté figé. Incapable de faire un geste, de regarder ton corps. Pour la première fois de ma carrière, je ne voyais pas un corps à soigner. Ma tête était pleine de nos conversations. J'étais encore sous le coup de la précipitation, de l'inquiétude transmise par tes employés, mais surtout, j'étais intimidé. La religieuse a senti mon malaise. Déjà dans la communauté des histoires circulaient à notre sujet. Elle m'a dit : « Docteur, c'est pourtant assez évident ». Je l'ai regardée intensément et, fouetté par ses propos, j'ai retrouvé mon sang-froid. Je lui ai dit : « Ma sœur, ma responsabilité est de reconnaître ce qui ne saute pas aux yeux, justement. » Elle a baissé les yeux et m'a laissé à mes occupations. Ma bravade avait-elle suffi à la convaincre ?

J'ai tâté ta nuque si frêle. Aucun symptôme anormal n'apparaissait. J'ai écouté tes poumons. Les signes étaient rassurants, bien que ton souffle soit assez court. Ton cœur ? Pouls normal – lent, mais normal tout de même.

Il ne me restait qu'à porter attention à ta blessure. Juste sous la hanche. Tu t'étais enfilé une tige de bois grosse comme le majeur et d'une longueur de huit pouces. J'ai constaté que j'avais une bonne prise à l'extérieur, ce qui me faciliterait la tâche pour la retirer. Tu ne perdais plus que très peu de sang. Les brancardiers de secours avaient précisé qu'ils t'avaient trouvée tête en bas au fond du précipice. Ce détail me disait que l'irrigation du sang au cerveau avait été assurée. J'ai palpé la peau autour de la pièce et tu as gémi un peu. Je t'ai expliqué que j'allais la retirer tout de suite et que, dans quelques jours, si l'infection ne s'y mettait pas, tu en serais quitte pour une bonne peur et une petite cicatrice.

J'ai désinfecté la région. Sœur Sainte-Jeannine m'a passé les plus grosses pinces. J'ai appuyé la main sur ta jambe et, lentement mais sans hésiter, j'ai extrait la pièce de bois. Elle était lisse et propre. Je n'ai vu aucun risque qu'elle ait laissé des éclisses. Il s'agissait d'une branche coupée net et sans écorce comme on en trouve sur les sentiers des arpenteurs. Ceux-ci ont l'habitude d'éliminer à la machette les jeunes pousses sur leur chemin, à la fois pour leur faciliter le passage et pour bien démarquer les lots. Cette branche avait été coupée en biseau. Elle était lisse comme un dard et, dans ta chute, elle t'avait enfilé les muscles de la cuisse.

Une fois la branche enlevée, à part l'enflure, il ne restait qu'un trou que je me suis appliqué à refermer de points de suture le plus fins possible. Nous l'avons couvert d'une gaze et j'ai avisé la religieuse que tu pourrais rentrer à la maison le soir même. Il n'y avait qu'une précaution particulière à prendre : surveiller la plaie afin de prévenir la prolifération du bacille de Nicolaïer, à l'origine du tétanos. Étant donné que je logeais à l'hôtel, je pouvais tout aussi bien y veiller à ta convalescence qu'à l'hôpital. Nous nous sommes regardés. Tu semblais d'accord avec ce que j'avais proposé.

Sœur Sainte-Jeannine, qui ne partageait pas mon avis, m'a objecté que cela l'obligerait à des déplacements alors qu'elle vaquait déjà à tellement de tâches sur les lieux. Je l'ai assurée que l'on pouvait se passer de ses services. Elle n'avait qu'à prévoir une aide au moment du bain. Ces solutions l'ont prise au dépourvu. Compte tenu du peu de gravité de ton état, j'ai pensé qu'elle avait d'autres motifs pour ainsi s'opposer à mes plans.

13 octobre 1892

Il y a quelques jours maintenant que tu es en convalescence dans mes appartements. C'était le mieux à faire les premiers jours, question stérilité. J'ai pris une chambre à l'étage. Je me suis allongé pendant quelques heures puis je suis revenu dans le dispensaire où on t'avait logée. J'ai changé tes pansements. Je me sentais maladroit. Tu étais étendue sur le côté droit, la jambe à moitié relevée sous ton corps. Je ne savais plus comment repousser le drap. Quand j'ai commencé à m'occuper de la compresse, dans un demi-sommeil, tu m'as dit : « Docteur, gros bobo ! » Je n'ai pu m'empêcher de rire. J'avais un tel besoin de détente.

Je me suis penché sur ta couche et je t'ai frotté doucement la nuque. Un sentiment de chaleur m'a envahi. J'aurais voulu te prendre dans mes bras et te bercer. J'aurais pu te croquer tout rond tellement cet élan à la fois passionnel et chaste de te serrer contre moi m'a saisi.

Je comprenais mieux les réticences de sœur Sainte-Jeannine. J'étais confronté au plus grand conflit intérieur de ma vie.

La convalescence

La frontière entre nous avait été franchie bien avant cet épisode. Nous ne pouvions pas nous l'avouer.

Les jours et les soirées qui ont suivi, nous avons beaucoup discuté. Je te lisais à haute voix un roman que j'avais déniché dans ma bibliothèque. Tu insistais pour que je m'assoie de façon à ce que tu puisses me tenir le bras, que tu flattais pendant que je te faisais la lecture. J'étais intimidé par cette familiarité, mais pour rien au monde je n'aurais voulu qu'il en fût autrement. Nos séances n'étaient interrompues que par les visites de l'aide qui venait te donner ton bain et refaire ta couche. J'assurais mes tournées à l'hôpital le matin. L'après-midi, je limitais au minimum mes consultations, que j'effectuais de l'hôpital puisque tu occupais mon cabinet. Il ne restait que les imprévus, dont quelques accouchements comme il s'en trouve toujours.

15 octobre 1892

J'ai enfin eu le courage de te demander ce qui t'amenait en forêt le jour de ton accident. « Je ramassais des champignons », m'as-tu répondu. On avait en effet rapporté un panier à moitié plein de beaux bolets. Je t'ai regardée et tu m'as confié : « Je voulais vous retrouver. Je vais au bois tous les mercredis dans l'espoir de me trouver sur votre chemin. Je me suis cachée derrière le gros pin à flanc de montagne quand j'ai entendu les sabots de votre jument. Quand vous êtes passés, j'ai perdu pied et votre jument m'a poussé de sa grosse cuisse. J'espérais que vous entendriez mes appels, mais ma voix était étouffée. Ensuite, j'ai perdu connaissance, je crois. »

C'était donc cela l'émoi de la jument ! Et moi qui allais en promenade pour m'éloigner de toi. C'est difficile pour moi de te l'admettre. Dans le fond, nous y étions pour les mêmes raisons. Nous nous cherchions. J'ai avancé la main, que tu as prise dans les tiennes. Tu m'as serré très fort. Je suis heureux. Nous venons de repousser une autre frontière.

À partir de maintenant, il me semble que je commence à vivre. Mattawa n'a été qu'un village isolé et lointain. Grâce à notre rencontre, même forcée par un accident, je prends racine. Même sur ces bases implicites, l'élan de vie prend le dessus. Un avenir se dessine pour moi ici.

17 octobre 1892

Ce soir, j'ai changé ton bandage. Mais au lieu de me mettre derrière comme de coutume, j'ai contourné le lit pour te regarder dans les yeux. Nous ne sommes plus gênés. J'ai relevé le drap. J'ai écarté les pans de ta robe de nuit. Après avoir terminé le pansement, j'ai placé ma main droite à plat sur le bas de tes reins et je t'ai frottée lentement. Tu as accompagné mes mouvements du balancement de tes hanches. J'ai avancé ma main gauche près de ta poitrine. Tu l'as saisie entre les tiennes et comme un bébé tu as commencé à me sucer l'index recourbé. Je t'ai caressé le dos tant que tu n'as pas arrêté ta cadence. Tu continuais à me sucer le doigt. J'ai replacé les couvertures. Des larmes coulaient sur ta joue en flammes. Je t'ai invitée à te reposer.

Tu vas guérir – trop vite –, c'est certain, mais allons-nous nous remettre de cette expérience? Je me suis retiré dans ma chambre. Je n'ai pu dormir de la nuit.

Malgré la fébrilité de l'épisode, je vis la plus belle quinzaine de ma vie. Même si notre relation commence dans la douleur, toi mariée et moi si mêlé dans mes rôles: locataire, médecin et la cause de ta blessure. Tant de pesanteur écrase une si jeune rencontre amoureuse. Tellement d'illicite, de frontières mal protégées, de sentiments croisés. Je me demande comment tu composes avec cette bousculade.

L'École

Très vite, tu t'es remise à marcher sans peine. La guérison avait laissé une petite étoile sur ta cuisse. Juste ce qu'il fallait pour te donner du caractère. Je m'amusais à la becqueter tous les jours, te rappelant que cette guérison était le fruit de notre amour et la marque qui nous unissait à jamais. Nous filions le bonheur parfait – ou presque. Enfin, je devrais plutôt dire que je me sentais transporté, transformé. Mais nous, qui discutions de tout, échangions si peu sur nous-mêmes. Cet accident avait permis de donner une extension à nos premières rencontres à la salle à manger de ton hôtel. Mais nous étions incapables de traduire en mots le sens de ce chambardement. Où irions-nous après ta guérison ?

Il t'a fallu réintégrer tes appartements. Tu as repris tes tâches, mais le cœur n'y était pas. Townsend est revenu d'un long voyage. Tu ne l'avais pas informé de ton accident. Vous étiez crispés comme deux écrevisses accrochées à une paroi rocheuse. Le soir, alors que l'estaminet était fermé, tu revenais frapper à ma porte. Nous passions quelquefois la nuit ensemble, contre toute logique. Quelle torture ! Si près l'un de l'autre et en même temps séparés par l'illégitimité.

Les dures réalités m'ont rattrapé. Quand je relis mes notes de l'époque, je vois combien mon quotidien laissait peu de place à développer une relation amoureuse.

12 novembre 1892

Cet automne, je suis plus occupé que jamais depuis mon installation. Il y a l'intensité de notre relation bien sûr, mais aussi que les villageois m'ont demandé de les aider à mettre sur pied une école. Les problèmes pratiques sont moins encombrants, moins compliqués que les anicroches administratives. Les religieuses ont mis à notre disposition l'annexe du couvent, qui n'est plus tellement utilisée depuis la construction de l'hôpital. Des classes, il s'en donne depuis un certain temps chez les Lafrenière. Madame Lafrenière et une des sœurs sont diplômées du Québec. Nous recevons périodiquement des livres des maisons religieuses et des paroisses québécoises d'où viennent nos paysans. Grâce à des liens d'amitié, quelqu'un a obtenu des dictionnaires tout neufs, don du ministère de la Colonisation du Québec.

Les enfants restent à l'école plus longtemps. Est-ce bon signe? Nous avons besoin d'un troisième enseignant. Mon ami Jean-Pierre, l'aumônier de l'hôpital, ancien camarade de collège, a offert de prendre une demi-charge, à condition qu'on lui réserve les mathématiques et les sciences chez les plus âgés. C'est en effet sa force, beaucoup plus que la religion. Il m'a avoué un jour au sujet de la prêtrise: «C'est une question de paresse: je suis nourri, logé et c'est pas forçant.» J'ai toujours soupçonné Jean-Pierre de cacher un mensonge derrière cette fanfaronnade. Il se ment à lui-même, j'en suis sûr. De quoi a-t-il peur? À partir du moment où la prêtrise sert de paravent, tout est permis. Je n'ai jamais compris son allusion.

La petite communauté française se débrouille; le problème n'est pas là. Le comité de parents veut que l'école reçoive la pleine reconnaissance de la province. C'est une demande légitime: tant qu'à instruire nos enfants, autant que l'instruction soit officiellement reconnue. De plus en plus d'employeurs exigent un diplôme. L'attestation du Québec que nos enfants reçoivent n'est pas valide en Ontario. Or, un diplôme a valeur de passeport. Que vaut un passeport qui n'est pas reconnu hors pays? En quittant le Québec, serions-nous devenus des sans-pays? C'est à se demander.

Dans la survivance au quotidien, la question ne se pose pas. La notion de pays flotte vaguement dans nos esprits et bien malin celui qui la rattacherait au drapeau du *Dominion* ou à cet *Ô Canada* que nous chantons depuis 1888. Il y a à peine cinquante ans, les Canadiens faisaient partie d'une colonie britannique. Le conquis imagine-t-il qu'il l'est et que se dit-il de son pays ? Le terme a dû paraître tout aussi étranger à l'époque pour nos parents. Nous arrive-t-il seulement de parler pays ? J'entends des références sybillines à nos régimes conservateurs, tant celui de Québec que celui d'Ottawa. On évoque à l'occasion la reine Victoria et John A. Macdonald avec un certain dédain. Personne n'a jamais mentionné Louis Fréchette et son texte : *La voix d'un exilé,* écrit à vingt-huit ans et dans lequel il dénonçait ce *Dominion* censé nous définir. « Mais vous qui restez seuls sur la brèche fumante, N'allez pas, comme moi, céder à la tourmente », exhortait-il.

Nous ne voyons pas qu'en construisant le chemin de fer et en ouvrant la route vers l'Ouest canadien nous contribuons à l'érosion des droits des Canadiens français. Devoir nous battre pour assurer l'éducation des enfants en français devrait nous alerter. Nous agissons selon le modèle du Québec. Il ne fonctionne pas ici. La tourmente fait rage chaque jour pour nous.

23 novembre 1892

Journée tranquille, aujourd'hui, à l'hôpital comme au dispensaire. J'ai donc pu consacrer plusieurs heures à analyser la meilleure façon d'arriver à la reconnaissance de notre école. C'est que nous sommes surveillés de près par les Anglais. Les *townships* de Papineau et Lorrain, malgré leurs noms, relèvent des compagnies forestières Booth, Eddy, Wright, Morgan et quelques autres. Le gouvernement leur accorde le droit de coupe à condition qu'elles fournissent en retour le cadastre du développement de la ville, l'installation des égouts, l'approvisionnement en eau potable, l'électricité et l'entretien des routes. Mattawa, comme combien d'agglomérations semblables, appartient à des entreprises, c'est une *company town*!

C'est ce qui explique pourquoi la plupart de ces villes jouissent d'infrastructures qui ne survivent guère au départ de ces sociétés, qui y investissent le minimum d'énergie. Et le modèle de gestion empêche les employés de devenir de véritables citoyens, responsables de leur sort. De leur côté, les petits propriétaires et commerçants, qui couchent avec les compagnies, sont trop heureux de profiter des retombées de leur exploitation et de taxes foncières ridiculement basses.

J'ai compris en lisant les documents de colonisation et d'exploitation des terres nouvelles qu'il se pratique un curieux jeu de passe-passe en matière de taxation. On se doute que ça sert davantage les intérêts de la compagnie que ceux des citoyens. En vertu des règlements, une certaine part des rabais de taxes doit être accordée pour la construction de l'hôpital, de l'école et des services communautaires. Or, ici, on a érigé un *Orange Hall*, une *Moose Lodge*, une mitaine presbytérienne, avec l'argent prévu à ces fins. Seuls les patrons et quelques Anglais profitent de ces installations, pas les ouvriers.

Nos gens ne sont pas de ceux qui s'attendent à ce que la manne leur tombe du ciel, pas plus qu'ils ne sont prêts à mordre la main de celui qui les nourrit. Ils ont donc tout simplement décidé d'organiser une corvée pour construire l'église, l'hôpital et, bientôt, l'école qu'il leur faut. Pour eux, pas de complications. Ce faisant, ils se soumettent au jeu des propriétaires. Ils acceptent de se surcharger par leur bénévolat et que ces taxes ne servent pas aux fins prévues. Cette pratique est favorisée par la complicité du gouvernement central, qui ne vient jamais leur expliquer leurs droits. Et comme ils sont incapables de lire les textes, ils me demandent de le faire à leur place. J'en apprends beaucoup. Mais je me demande comment informer mes compatriotes.

26 novembre 1892
Quelle lecture de ces documents les villageois veulent-ils que je leur livre ? Est-ce que je les conforte dans l'impression que les patrons les protègent ? Et si non, vont-ils tirer sur le messager que je suis ?

Tout ça me laisse songeur. Surtout depuis cet échange que j'ai eu hier. Il ne fait aucun doute que le sujet brûle les lèvres. J'essaie autant que possible d'enrôler les récalcitrants quand cela se présente. J'étais chez Belval, le ferronnier, quand Armand m'a asséné à brûle-pourpoint :

– Docteur De Caseneuve, pourquoi faudrait-il qu'on vous croie ? Un médecin, c'est pas un administrateur.

– Armand, sais-tu lire, toi ?

Armand me relance, un peu penaud :

– C'est-ti si compliqué, leur emmanchure ? On pourrait pas juste bâtir notre école sans alarmer le gouvernement pis toute la planète ?

– Armand, je te l'ai dit poliment. Tu sais pas lire, pis tu sais encore moins comprendre ce que tu sais pas lire. C'est pas mal compliqué. On va te résumer ça quand ce sera clair pour nous.

– C'est quoi l'idée en dessous de ce que vous me dites pas ? On serait en train de se faire fourrer par la compagnie ? Y manquerait pus que ça !

Ce à quoi Belval, futé, a rétorqué :

– On dit pas ça. On dit que nous ne comptons pas gros dans les échanges de piastres entre le gouvernement et ceux qui nous mènent. Il y a peut-être moyen de faire mieux si on s'occupe de nos affaires. Le docteur De Caseneuve et moi, on te demande juste de nous aider à nous occuper de nos affaires. C'est tout.

Cette rencontre me rappelle que je suis aux prises avec deux problèmes. Des notions complexes et les limites de nos gens à les comprendre. Je pourrai toujours leur transmettre quelques informations de plus. Ils veulent savoir. Mais tout se joue dans un passage très étroit. Après tout, combien de revers peuvent-ils absorber sans capituler ? Lors d'une assemblée, il ne faut pas longtemps avant que le plus borné s'impatiente. Sans avertissement aucun, il s'autorise à prendre la parole. Sa question ressemble plus à un coup de poing qu'à une demande d'information. Je vais devoir apprendre vite à naviguer.

L'École et la pleine gestion : la mairie !

Au milieu de cette effervescence, je me laissais entraîner dans le rôle qui m'incombait. Aujourd'hui, avec le recul, je me rends mieux compte de l'enfilade des événements.

Rappelons quelques faits : en 1896, le Conseil privé de Londres a reconnu la souveraineté des provinces sur certains domaines. Bêtement, nous avons cru, et nous croyons toujours, que cet arrêt de centralisation des pouvoirs en faveur du gouvernement fédéral nous avantagerait. Nous aurions dû savoir que l'Ontario protégerait ses citoyens et que, dans l'esprit de ceux qui les dirigent, les « Ontariens » sont de descendance britannique. Au Québec, le clergé en a profité pour conserver son pouvoir sur l'éducation et la santé. Du moins, jusqu'en 1900, ou peu s'en faut. Pendant ce temps, les yeux collés sur le rivet à enfoncer, nous nous faisions écraser les doigts.

La patrie se construit à condition que nous restions sur la brèche et que nous défendions la nation en mouvance vers l'ouest, sans trop mettre en question ce que nous faisons. Ni Fréchette ni les Patriotes qui l'inspiraient tant ne sont source de définition de notre action. Toutes ces années, j'ai cru que l'Anglais était une intrusion dans ma vie. C'était moi l'intrus. Tout ce temps, j'ai cru que je pouvais continuer à agir comme si nous étions au Québec.

4 décembre 1892
La situation empire. Même les villageois qui comprennent saisissent les nuances par un filtre très déformant de leur conscience. Tout est perçu à l'intérieur d'un code que je peine à interpréter. À la moindre obstruction, roulent dans leur tête des machinations, des attributions, des soupçons. « Ça ne s'est jamais vu. Pourquoi nous, on réussirait ? » « Les Anglais ne vont pas vouloir. » « Est-ce vraiment nécessaire, une école française ? » Où commencer ?

Je me demande toujours comment je pourrais leur dire : « Vous savez quoi ? Il nous faut une mairie pour assurer que les taxes servent à payer une école publique française. » Il y a simplement trop de risques à présenter les faits comme cela. Je me sens coincé, je ne parviens pas à leur expliquer ce qui me semble pourtant si important.

Ce soir, en réunion, je leur ai fait part de diverses options. On peut ouvrir une école catholique française sans bénéficier des taxes municipales ou d'octrois de la province. Il s'agit de s'entendre entre nous sur une forme de taxe à verser. Nous accomplirions déjà tout un exploit si nous réussissions à nous accorder là-dessus. Je leur ai fait valoir que ce choix nous priverait de subsides substantiels pour la construction et l'entretien des installations, ainsi que les salaires des enseignantes. Dans ce scénario, il faudra continuer à organiser des corvées et nous devrons payer nos enseignantes beaucoup moins cher que dans les écoles anglaises. Cette comparaison a énervé monsieur le curé. « Enseigner, c'est avant tout une vocation », a-t-il marmonné.

En contrepartie, on pourrait déclarer publique une école française et l'inscrire à Toronto au registre du Ministère. Juste évoquer cette idée a provoqué une crise d'apoplexie chez monsieur le curé. J'ai bien vu qu'il se méfie de moi comme de la peste. Il a soutenu que les Anglais ont reçu de l'argent de la compagnie pour la construction de l'église presbytérienne, tout en briques ; que la province a payé la construction d'une école anglaise publique ; pour trente élèves, si c'est Dieu possible ! Alors que nous en avons cent dix-neuf, sans compter les marmots qui poussent partout et les nouveaux arrivants.

Je lui ai alors suggéré que nous pourrions imiter la tactique. Après tout, il y a déjà certaines familles qui envoient leurs enfants à l'école publique anglaise parce que nous tardons à nous organiser.

– Des traîtres ! m'a-t-il lancé. On aura beau avoir les

meilleures écoles du pays, il y en aura toujours pour se fourrer la tête dans le râtelier de l'autre. J'en parlerai dimanche en chaire, on verra bien.

– Et vous réussirez à les détourner vers l'église presbytérienne, en belles briques. Un peu de patience, nous allons trouver.

Nos échanges sont virils. Nous ne voyons pas plus la nécessité de nous ménager entre nous que nos gens ne sont portés à nuancer sur l'âpreté de leur vie. Il faut faire ce qu'il faut faire et dire ce qu'il faut dire! Je me sens seul et si épuisé.

Un bouillon de culture

Il y avait tellement de positions à surveiller en même temps. Il est vrai que certains parents ne voyaient aucun inconvénient à envoyer leurs enfants dans une école anglaise. « Ils en avaient assez arraché en arrivant dans ce pays parce qu'ils ne parlaient pas l'anglais, eux. Leurs enfants au moins... »Et les enseignants comprenaient une laïque, un prêtre et une religieuse. Difficile de leur demander d'enseigner dans une école publique, autant les inviter à défroquer! Et monsieur le curé se croyait toujours au Québec!

Celui-là m'exaspérait parfois. J'avais le goût de l'invectiver devant ses suiveux! « Où étiez-vous en 1885 lors de la pendaison de Louis Riel? Deux ans après, la province bilingue du Manitoba a été anglicisée et jamais on ne vous a entendu regimber. C'est seulement quand ils ont voulu toucher au régime des écoles catholiques que vous êtes intervenu. » Je devais me protéger contre mes impulsions.

Un soir, j'ai suggéré que la façon la plus facile d'atteindre nos fins passerait par l'incorporation de Mattawa comme ville. Comme il faudrait élire un conseil municipal à partir duquel les écoles seraient gérées et que nous sommes majoritaires, voilà la réponse. L'idée n'est pas tombée dans l'oreille de sourds. Il y avait là les Beauchemin, Larivière, Chénard, Gingras, Latreille, Beaulieu, Turcotte, tous gens dégourdis.

5 décembre 1892

Aujourd'hui, en réunion, j'ai appris que l'on a tort de vouloir avoir raison seul. Je ne suis pas préparé pour ce genre d'engagement social. Dans le fond, je n'ai rien à y faire. Je n'ai pas d'enfants. Je ne suis même pas marié. Je suis venu à Mattawa afin de mettre sur pied un service hospitalier. Je peux y exercer ma profession en toute liberté. Je n'ai pas l'ambition de m'y installer. À la première occasion, je retourne au Québec.

Je m'entends répéter les mêmes propos que tous ceux que je fréquente. Même ceux qui habitent ici depuis le début. Quelle illusion !

Parmi les vues de l'esprit que je trouve curieuses, il y a celle de croire qu'un hôpital est simplement un service de santé. On pourrait dire que le tissu social est comme le tissu humain : une énergie ou une force émerge même dans les plus petites cellules. Mattawa, c'est un organisme, une ruche, et j'en fais partie. Rien ne me sert de croire qu'on peut y être à demi engagé. Tôt ou tard, je devrai me brancher.

Je me demande ce que j'apporte dans ces réunions répétitives. Petit comité de réflexion à cinq. Comité de l'éducation. Assises paroissiales. J'y passe mes soirées alors que je voudrais me trouver près de toi.

Il y a un art de la rencontre que je ne sais pas cultiver. Toutes mes années d'études en solitaire m'ont rendu presque antisocial. Ce soir, je me suis confié à madame Demers, la présidente du Cercle des fermières.

– Pourquoi vous et vos amies mettez tant de frais à recevoir l'assemblée : café, gâteaux, tartes ? Ces gens sortent à peine de table et la réunion tarde à commencer, lui ai-je lancé.

Elle m'a tapoté la main de sa grosse patoche potelée et m'a dit :

– On n'invite pas le monde si on n'a rien à leur offrir, monsieur le docteur.

Aussi simple que cela ! Cette vérité campagnarde restera longtemps avec moi. Que pouvons-nous offrir de mieux dans ces contrées nouvelles que nous souhaitons façonner à notre convenance ? Cette phrase a commencé à éclairer mon action. Si je veux être efficace ou, à tout le moins, utile, je dois répondre de ce principe. Mais sa remarque a évoqué en moi le médecin une autre notion aussi. Ses tartes au sucre ne sont-elles pas une compensation pour les privations d'une vie de colonisation ? Ou est-ce que je suis en train de justifier mes frustrations sociales en les couvrant d'une explication médicale contrefaite ?

7 décembre 1892

Ces gens, qui ont perpétué un certain mode de vie dans des paroisses rurales organisées du Québec, par atavisme, sans même y mettre beaucoup d'effort, reconstituent ici une existence assez semblable. Pour la plupart, l'organisation sociale n'atteint pas un niveau de conscience très élevé. Il leur suffit de reproduire chaque jour des gestes appris depuis longtemps pour que l'ordre normal des choses surgisse. Sont-ils venus ici avec l'idée de rester ou celle-ci a-t-elle germé comme conséquence logique du déplacement et de l'installation ? Après une migration, on ne voit pas la vie de la même façon. On a quitté un horizon fermé pour des terres – plus spacieuses et à des prix ridicules – qui ne demandent qu'à être exploitées. Le sentiment d'étrangeté se déplace aussi : au début, c'est la nostalgie du pays perdu, puis viennent l'angoisse devant l'inconnu et ensuite le revirement. On s'attache au nouveau coin de terre et l'ancienne mère patrie s'estompe dans des contours de plus en plus flous.

Pourquoi ont-ils quitté leur pays en premier lieu ? L'appât du gain ? La province du Québec serait-elle à ce point vieillie qu'elle n'a pas les moyens de garder et de nourrir ses enfants ? Fallait-il qu'il y eût un plan pour qu'ils partent en si grand nombre ? Ce plan viendrait du fédéral ? Du gouvernement de Québec ? Ou est-ce plutôt le flot normal des exodes commandés par les inégalités entre l'offre et la demande ? Ces questions m'atteignent parce que moi-même je vis un exil que je ne saisis pas bien.

Plusieurs des nôtres ont fui vers les États-Unis depuis aussi loin que les troubles de 1837. La deuxième vague a été attirée vers l'Ouest canadien. L'illusion de ne pas quitter son pays y était-elle pour quelque chose ? Si oui, il faudrait leur dire : « Après Mattawa, vous entrez en pays étranger. » Notre petite colonie culturelle ne tient que par le Témiscamingue. Le père Nidelec me l'a bien enseigné ! J'arrive mal à m'en faire la seule et véritable raison. Je jouis d'une longueur d'avance sur mes compatriotes. Depuis que je patauge dans les dédales corporatifs et les lois scolaires, je me rends mieux compte que je suis en Ontario. C'est cela qui échappe à la plupart des Canadiens français de Mattawa. Non seulement je transige en anglais, cela va de soi, mais aussi je dois comprendre et faire comprendre aux nôtres que les règles ne sont plus celles qu'ils ont connues. Pourquoi suis-je ici ?

8 décembre 1892, jour férié de l'Immaculée Conception
Parmi nos gens se trouvent des chefs naturels, gens d'action qui ne s'empêtrent pas dans des discussions interminables. Ainsi, à chaque réunion, je regarde Lafrenière, qui tire lentement sur sa bouffarde, les yeux mi-clos derrière la fumée, laissant à chacun son tour la parole. Il parle peu jusqu'au moment fatidique, dont je ne saisis jamais exactement l'élément déclencheur. La discussion tourne autour de lui comme s'il distribuait le droit de parole sans jamais qu'il y paraisse vraiment. Puis, est-ce l'heure ? Toujours est-il que, se levant et, du haut de ses six pieds quatre pouces, ponctuant sa phrase de son gros poing qu'il dépose lentement sur la table comme le juge son maillet, il donne, à défaut de la bonne réponse, celle qui permettra d'agir le lendemain matin. C'est comme cela qu'il avait pris à son compte d'organiser les sapeurs-pompiers volontaires.

– Jésus-Christ, de bout de bois, ça-tu du bon sens ? On est tous là à se plaindre. On a les bras, on a le bois. Mettons ça ensemble. Et qu'on n'en parle plus.

En moins d'un mois, il avait obtenu de la Booth le meilleur équipement sur le marché. Il avait supervisé la coupe du bois et la construction, près du *Town Hall*, d'une remise où se trouvait dorénavant rassemblé le nécessaire pour sauver les vies en cas d'incendie. Il n'y aurait plus de feu qui raserait les maisons comme ça s'était produit l'hiver passé. Qu'il donne de son temps et de son expertise, ce n'était pas pour lui une question de charité mais plutôt le gros bon sens, c'est tout. On perdait des énergies folles à mal se protéger, selon lui. Voilà, il s'en était occupé.

Souvent les paroissiens voyaient les choses comme cela. Il n'y avait aucun tracas pour eux à organiser un pique-nique ; à aider un jeune couple à se construire une maison ; à nettoyer les égouts bloqués. Une corvée et voilà, c'était fini. La ligne de démarcation entre la famille et la communauté n'apparaît pas. Ici, un seul et même clan existe.

Ils sont plus embêtés quand vient le temps de débattre des idées plus abstraites. Décider de la gestion scolaire, mettre sur pied un conseil municipal, cela les dépasse. « Ce maudit placotage ! » « Des pelleteux de nuages. Ça ne grossit pas une cordée de bois, ces discussions ! »

11 décembre 1892

La réunion de ce soir, convoquée pour sept heures, a commencé à huit heures trente. Est-ce que c'était la première fois ? Est-ce que ça m'a surpris ? Oh que non ! Devant mon impatience, Charron, le forgeron, m'a dit : « Faut faire connaissance, voyons. On se connaît si peu. Ne perdez pas patience, vous là ! » En effet, c'est ce qui se produit. Je m'impatiente pendant qu'ils font connaissance. Pendant une heure et demie, des groupes se forment et on parle fort. On discute d'affaires courantes, des préoccupations quotidiennes : une coupe dangereuse en forêt dont il faut se méfier, une autre peu rentable à contourner sans quoi elle leur grugera tout leur temps, les jardins qui produisent bien, les enfants qui... avant d'aborder la question de l'école. Une heure et demie plus tard ! Dans leur enfance, ils y sont allés à reculons, à l'école, et il en est toujours ainsi. Il ne sert à rien de leur tirer l'oreille.

Combien de fois j'ai observé cette assistance d'allure si peu organisée, si peu empressée à commencer la réunion ! Mon statut de médecin me garde à l'écart. Lentement, j'ai saisi le sens des échanges informels. Certaines personnes, l'air de rien, passent de groupe en groupe. Monsieur le curé ne manque pas de rappeler la sacro-sainte obligation de veiller à ce que l'école soit d'abord catholique. « Elle sera française, bien sûr, regardez autour de vous », ajoute-t-il, conscient que certains se rendent compte que le français est loin d'être acquis ici. Ce n'est pas qu'il y ait tant de différence tous les jours. Entre eux, le français suffit amplement. C'est presque imperceptible, ce glissement. Il y a la compagnie et certains commerces où on refuse de parler français. Mais le recul du français s'annonce aussi parmi nous.

Chiasson a eu recours à une anecdote récente qui explique tout.

– Monsieur le curé, en voulant se montrer accommodant vis-à-vis des Irlandais catholiques, leur a offert de dire la messe en anglais parce qu'ils ne sont pas assez nombreux pour soutenir une paroisse. Vous vous souvenez? Mais il a été pris à son propre piège, il s'est retrouvé avec une double charge. Vous imaginez une messe pour quelque douze anglophones? Comme il est débrouillard, il a conçu une messe bilingue pour tout le monde, «question de charité élémentaire», nous a-t-il dit. À ceux qui s'inquiétaient de ces pratiques charitables, il a répondu: «Tout dépendra de notre cohésion».

Chiasson poursuit:

– Voilà, un peu de culpabilité bien assénée et les récalcitrants s'empressent de rentrer dans les rangs. Après tout, si le français se perd, ce sera de notre faute! Mais le mal fraie son chemin. O'Toole s'est plaint qu'il y a trop de français et pas assez d'anglais, qu'il ne comprend pas un mot du sermon. Comme il est généreux de sa dîme, monsieur le curé ne harangue plus les paroissiens qu'en anglais. À ceux qui s'en plaignent, il réplique: «Vous pouvez toujours venir me voir au presbytère ou après la messe. Je suis à votre disposition en tout temps.» Le français, langue de confessionnal! Je vous prie de me croire, la même entourloupette nous attend avec l'école.

Quand nous avons enfin pu commencer la réunion, Chiasson se sentait en verve après avoir raconté son histoire:

– C'est fini les écoles de bonnes sœurs. Si on veut des enfants instruits, il faut des enseignantes instruites.

Ces propos, plutôt provocateurs, ont été lancés à la volée par Chiasson pour donner le ton.

Nos religieuses sont instruites, ont rétorqué celles qui étaient allées en classe plus de trois ans. Et Chiasson de poursuivre:

– C'est pas ce que j'ai voulu dire. On peut avoir une sœur instruite qui enseigne dans une école publique. Mais il faut des diplômes reconnus. Supposons! Supposons que des femmes et des hommes veulent venir enseigner ici. Pensez-vous qu'ils vont survivre sur le salaire qu'on peut leur donner avec la quête du dimanche? Une école catholique ne peut se permettre d'embaucher que des sœurs qui ont fait vœu de pauvreté. Dans un système public, même les sœurs seraient payées. Il me semble qu'une congrégation bien gérée saura comment utiliser cet argent!

Comme personne n'est vraiment en mesure de calculer, l'explication ne colle pas et on se souvient plutôt de son caractère révolté. C'est cette tension souterraine que je dois discipliner. Quelqu'un peut penser «instruit», un autre «diplômé», ou encore «catholique et français», ce sont des pairs; si c'est «public», ce n'est pas «catholique». Comment rabouter tout cela?

Au tout début de la rencontre formelle, en tant que secrétaire, je m'assure de résumer l'enjeu. J'énumère les sujets à débattre et le bal est parti. Je ne commence jamais ma présentation sans annoncer une nouvelle information sur les moyens de construire une école publique. À l'occasion, comme aujourd'hui, j'invente une partie de mon histoire. Cette façon de procéder donne le ton. La discussion commence autour de l'école publique jusqu'au moment où le curé prend la parole. Ce sera pour déclarer que, au cours de ses derniers entretiens avec l'évêque, celui-ci aurait laissé entendre la possibilité d'une contribution généreuse vis-à-vis de la construction d'une école catholique. Il ment plus béatement que moi!

– Catholique française? demande Chiasson.

– Catholique… catholique bilingue, doit rectifier le curé.

Chiasson est futé. Un de ses cousins travaille à l'évêché, petit secrétaire qui transige avec les paroisses françaises. Il le nourrit d'informations utiles. Ils sont de la même école. On sait par lui combien Monseigneur Scollard tient les Canadiens français en odeur de sainteté!

Après un long débat, voyant que nous risquions d'y perdre notre argumentation, j'ai repris la parole. J'ai soumis une proposition pratique qui montrera notre capacité d'avancer. J'ai pris soin de la formuler dans ses grandes lignes et j'ai obtenu qu'un comité exécutif soit créé afin d'étudier la possibilité que Mattawa soit converti en village (*town*).

Ma stratégie est simple: sortir des plénières où les gens changent d'opinion selon le pouvoir du dernier intervenant; travailler avec les plus pragmatiques de la bande; produire un plan d'action infaillible.

La dissension éclate

Toi et moi, nous nous entretenions souvent de ces réunions. Les revisiter en relisant mon journal m'ouvre de nouvelles perspectives. Je t'en ai voulu d'avoir si peu porté attention à qui j'étais dans tous ces engagements. Dans le fond, je me négligeais. En prenant part aux développements de la communauté française, je ne donnais pas préséance à mon bien-être. Malgré tout ce temps écoulé, je sens encore le besoin de me soumettre à ton approbation. Je sens une plaie vive qui me harcèle.

15 décembre 1892

Tu trouves que mes réunions grugent beaucoup de nos soirées, ce que j'approuve en tous points. J'ai tenté de te rassurer en t'affirmant que nous voyions ces exercices de la même façon. Pour moi, il ne s'agit que d'un engagement temporaire.

Ce soir, pour la centième fois, il me semble, je t'ai expliqué :

– À cause de l'éducation que j'ai reçue, il m'est facile de rédiger les procès-verbaux de ces rencontres et de comprendre les textes en anglais nous venant de Toronto. Je sens que j'ai une dette envers les miens parce que j'ai eu la chance de m'instruire. Être médecin, c'est appartenir à la société que tu dessers, je le vois ainsi. Ils n'ont pas besoin d'un médecin. Ils demandent au médecin de les aider à faire éduquer leurs enfants pour que la médecine se perpétue en français à Mattawa. Je trouve normal de partager cette vision.

Nos discussions achoppent plutôt sur la nature des réunions. Tu ne comprends pas que les Canadiens français mettent autant d'énergie à la construction d'une école. Je ne sais pas si je deviens trop défensif, mais il me semble que tu mêles tout ou alors que tu ne saisis pas la situation. D'une part, tu me cites l'exemple des Anglais qui ont bâti leur école sans effort ; d'autre part, tu me rappelles nos divisions internes, comme si c'était une caractéristique de notre race.

Je te concède que cela doit paraître compliqué de l'extérieur. Mais justement, puisque la culture nous sépare, j'aurais pensé que tu m'aurais demandé d'expliquer la situation plutôt que de me rétorquer quelques idées reçues plutôt maladroites. L'explication est pourtant assez simple: ça se résume au mot *pouvoir* ! Voilà, en l'écrivant je comprends mieux ces gens. Nous sommes sans pouvoir. Des gens sans pouvoir tentent de se donner un pouvoir. Je ne peux pas être seulement médecin. Exercer mon rôle de médecin francophone s'inscrit dans la possibilité d'offrir aux miens le pouvoir d'aller à l'école.

Pouvoir! Combien de fois et sur quel ton faudra-t-il marteler ce mot? Allons jusqu'au bout. Le pouvoir, c'est la liberté. Nous sommes privés des deux.

À tort ou à raison, certains arrivent dans ce territoire nouveau avec comme schème de référence les écoles du Québec. Certains peuvent donner libre cours à des réflexes de défense assez poussés. Leurs habitudes ancestrales prévalent. Après douze ans à Mattawa, le petit peuple se croit toujours en transition ou en mode d'adaptation. Son esprit ne s'ajuste pas au fait que les choses se vivent si différemment ici. Mais essayons de comprendre… Ailleurs, on a tué pour moins. Nous restons pacifistes au moins.

18 décembre 1892

Aujourd'hui, j'ai rencontré Schryer, surintendant de la Booth, afin de discuter des avantages de divers modes de gestion. Les options sont claires étant donné le peu d'argent que ces compagnies sont prêtes à investir dans le milieu. Elles menacent toujours soit de partir soit de remettre la gestion entière de la ville aux citoyens. Le départ immédiat signifierait la fin des emplois; l'autre option garde la compagnie en exploitation et permet une transition, plus lointaine, certes, mais nécessaire, de la gestion de la ville. Mais dans l'immédiat, il y aurait une surcharge si la compagnie ne participait pas aux taxes. Ils savent que les citoyens ne peuvent pas les assumer seuls.

À la fin de notre discussion, il m'a dit : « *Doc, you are a very knowledgeable man. Needless for me to remind you that your area of expertise is medecine, not politics. This is where we need you most.* » Il a accompagné ses paroles d'une grande claque dans le dos. Une forme de supériorité émerge avec l'assurance d'appartenir à ceux qui ont raison par le pouvoir, par l'argent et par la langue. De la façon la plus polie du monde, il m'a rappelé mes origines, que je m'inscris parmi eux pour une seule fonction, tout comme chacun de ceux et celles qui ont des bras pour travailler. Cette condescendance n'est pas artificielle, elle vient naturellement avec le rôle de l'exploitant et sa certitude d'avoir raison.

Je t'ai raconté cet entretien et j'ai fait valoir qu'on ne peut pas demander à ceux qui détiennent le pouvoir de définir nos besoins – ils s'occupent des leurs. Nos gens n'accèdent même pas au langage ou à une compréhension suffisante pour parler d'obligation commune. Quand on évoque solidarité et coopération, leur esprit trouve d'abord des obstacles : « Ils vont pas aimer ça. » « Il y a quelqu'un qui va s'en mettre plein les poches. » « Qui va prendre les guides ? » Méfiance, soupçons, envie, impuissance. Leur mentalité ne peut concevoir qu'une chose : que la compagnie et le curé devraient s'occuper d'eux comme le feraient de bons parents. Or, ils sont tout sauf cela. Ils veillent à leurs propres intérêts.

Je saisis mieux la source de ma déprime ce soir. Toi et moi, nous sommes au bout d'une longue cordée. Il y a les compagnies et leur avidité, le curé et sa ritournelle sur les écoles catholiques, puis nos gens incapables d'assimiler ces jeux. Cela me fatigue. Mais surtout, j'en veux au gouvernement fédéral de n'avoir pas prévu, en même temps qu'il développait de nouvelles contrées par le truchement de la voie ferrée, d'installer des villages – qui s'implantent de toute façon, selon les habitudes propres aux déracinés. Ils ne changent pas de pays, après tout ! Que le gouvernement s'assure qu'ils aient les infrastructures propres à leur culture, est-ce trop demander ?

21 décembre 1892

Cela me blesse de t'entendre répéter presque les mêmes remarques que celles que je te rapporte. J'ai de la difficulté à reconnaître que les gens partent d'intentions malveillantes pour nourrir à l'égard d'autres groupes des opinions discriminatoires. Tu es sympathique à notre cause. Tu as appris le français à un point tel que les femmes du village oublient que tu n'es pas française. Il leur arrive même en ta présence de parler contre les Anglaises. Tu trouves ça normal, étant donné que tu as toujours vécu avec nous et que tu as servi une clientèle principalement française à l'hôtel. Tu ne te rends pas compte que tu es une exception en l'espèce.

C'est grâce à ce fait rarissime que nous nous sommes retrouvés sur la même route. Sans cela, nous n'aurions jamais pu créer cet espace de partage dont nous profitons depuis notre rencontre. Nous ne nous serions pas engagés aussi à fond non plus, j'en suis certain. Tous les jours, je côtoie des Anglaises. Nous entretenons des rapports courtois, sans plus. Aller plus loin serait impensable. Trop nous sépare.

Nous deux, c'est différent. Tu as pris la peine de t'ouvrir à moi et nous partageons des valeurs semblables sur plusieurs sujets. Notre réciprocité s'explique par ta bienveillance à l'égard de notre culture. L'idée d'âme sœur, je lui accorde une grande importance. Sans ce miroir, la vie devient un long désert à traverser seul. Ce n'est pas ce vieux radoteur de Schopenhauer qui va m'entraîner dans l'idée que le mariage « est une dette contractée dans la jeunesse et que l'on paye dans l'âge mûr ». Ce pauvre Arthur percevait la vie de trop haut. Pour moi, l'abstinence sexuelle, non merci ! Mais il a peut-être raison sur d'autres points. Si je me souviens bien, il aurait écrit : « Plus l'homme est inférieur par l'intelligence, moins l'existence a pour lui de mystère. » S'il t'avait connue, il aurait dit : « Comme vous êtes intelligente ! » Tes propos sur la vie ne recèlent que mystère, ou serait-ce qu'il émane de toi cette notion pour à peu près tout ? Il me semble que tu es enveloppée dans un voile. Tu nous observes de derrière ce tissu blanchâtre. Il s'en dégage une impression d'envie ou de manque. Une énigme, quoi !

Je divague en accolant des bouts de lectures, mes réflexions sur nous, et je reste perplexe. Je suis fatigué.

Si jamais je partage avec toi ces carnets de mes mémoires, tu sauras ce que j'ai traversé, ce que j'ai souffert d'être mal compris dans mes gestes et mes intentions. Ou peut-être ton indifférence ne se rapportait-elle pas à moi ? Pourquoi ce besoin encore de m'expliquer après tant d'années ? Pourquoi en sommes-nous arrivés là ? Il n'y a jamais une seule réponse, mais tu ne pourras plus dire que je n'ai pas révélé tous les aspects de mon expérience comme je la voyais et comme je la vois toujours. En me relatant les divers passages, je comprends mieux l'enfer que nous vivions. Il m'a souvent paru plus facile d'expliquer ce qui nous est arrivé en croyant que nous étions deux innocents sacrifiés au bûcher de la vie. Je me répétais que nous avions été victimes d'un hasard défavorable. Il m'est arrivé trop régulièrement de fuir en avant sans savoir où nous allions. Je m'en veux de cette faiblesse.

Aujourd'hui, je suis plus près de saisir que notre rencontre confortait deux besoins contradictoires, incompatibles et destructeurs même. Nous détenons chacun une part de responsabilité dans ces événements. Je ne cherche pas de coupable, je souhaite simplement comprendre. D'où ce retour sur mes écrits. Tout ce que j'attends de toi, ce sont quelques mots pour relâcher les nerfs. Nous avons vécu de nerfs. Silences, demi-vérités, revirement de décisions, règles de vie modifiées, sans jamais nous en parler ! J'avais l'impression de me trouver devant un mystère. Les arcanes dans notre histoire dépassent mon entendement. Je suis perplexe, mais aussi très souffrant. J'y ai mis mon engagement entier, et pourtant, j'éprouve la très désagréable sensation de flotter dans un univers d'inconscience. Je ne contrôlais rien, me semble-t-il. Et toi, où te cachais-tu? Il n'y a rien d'autre que j'aimerais mieux savoir pour me détendre, ne serait-ce qu'une fois, pour vrai.

Je suis surpris de lire ces notes écrites dans mon journal de bord il y a vingt-six ans au sujet de l'éducation en français à Mattawa et de l'incorporation d'un village. Est-ce mieux aujourd'hui?

Pas du tout, je crois qu'on me disait ne pas vouloir empiéter sur les juridictions provinciales. Diverses autorités m'ont servi cette excuse plus d'une fois. Au quotidien, elles usaient plutôt de négligence crasse pour accomplir leur œuvre d'obstruction. On préférait laisser la loi de la jungle faire ses ravages en confiant aux compagnies d'exploitation de bois ou aux minières la responsabilité de veiller à ces besoins. Nos gouvernements se soumettaient aux impératifs des forestiers. La conscience collective du temps se résumait à la courtisanerie entre politiciens et propriétaires ou exploitants forestiers. Ce qui était bon pour la compagnie était bon pour les colons. Et on parlera du respect de la démocratie, du droit des individus à s'autodéterminer! Il faut le constater, nous n'étions que des bras juste bons à couper du bois et à pelleter du minerai.

Je t'expliquais souvent par exemple que, si nous devenions un village, il serait géré majoritairement par des Français. Penses-tu que la compagnie n'avait pas vu ça? Que ça ne faisait pas partie de ses plans de s'assurer qu'on n'y parvienne pas?

Plus j'y réfléchis, plus je me demande si nous ne serions pas en fin de compte déterminés par nos antécédents et notre entourage. On ne s'imagine pas à quel point on conserve des idées reçues de longue date. « C'est le portrait tout craché de son père. » « On le sait bien, chez vous les Canayens français, l'Église mène tout. » « À toujours se tenir avec eux, tu finis par penser comme eux. » Ces énoncés nous réduisent à une dimension étroite de nous-mêmes, où la caractéristique tient lieu du tout. Et l'affaire est classée. Vous êtes catégorisés à tout jamais. Je suppose qu'on fait ça par facilité. Devoir tenir compte de la complexité de la vie exige beaucoup. Je ne sais pas comment je m'en tire moi-même au quotidien. Viser à être conscient ! J'ai l'impression d'y apporter un minimum d'ardeur et de bonne volonté. Est-ce suffisant ?

Malgré mes efforts, j'éprouvais de la difficulté à te faire comprendre pourquoi tous ces débats m'importaient tant. Tu te montrais peu encline à m'écouter. Tu t'imaginais que je dépensais la meilleure partie de mes énergies à des bagatelles qui ne me concernaient pas. Une fois, tu m'avais dit :

– Tu n'es même pas marié. Tu n'as pas d'enfants, pourquoi t'occupes-tu de cette école ?

Je n'arrivais pas à répliquer à une telle attaque, qui me blessait et contre laquelle il n'y avait rien à rétorquer. Que m'aurait valu de dire : « C'est vrai, j'oubliais, je suis ici en tant que médecin. Je suis de service, moi ! Je ne suis point citoyen en cette terre étrangère » ? Le sarcasme se rend égal à ce qu'il dénonce. Dans ces moments-là, tu te situais dans le camp des Schryer à mes yeux.

J'ai de la difficulté à écrire ces propos tellement je me trouve vicieux d'avoir proféré de telles insultes. Lors d'un de ces échanges envenimés, je t'avais dit :

– Si je n'étais pas médecin, est-ce que tu me fréquenterais ? Dois-je comprendre que tous ces Canadiens que tu dénigres auraient pu te courtiser ? Non, ce que tu cherches, c'est l'ascension. De toute évidence, en m'occupant d'une école française à construire, j'ai perdu du galon à tes yeux. Tu fréquentes un Canadien français et ça, tu ne peux pas le souffrir.

Ces propos étaient injustes. Je ne savais rien de tes intentions. Et pourtant, je prenais un malicieux plaisir à te jeter ce fiel à la figure. Je voulais provoquer une débâcle chez toi. L'engagement que j'offrais aux miens ne pouvait pas à mes yeux être une source de dissension entre nous.

Les remarques désobligeantes que tu m'adressais se multipliaient.

– Tu ne peux pas en même temps te plaindre de leur manque de décision, de leur façon arriérée de gérer les réunions et me dire que tu es indispensable. Je serais tentée de t'appliquer ce que tu dis à leur sujet.

Tu essayais de me forcer à faire un choix. Au lieu de m'écouter, tu me renvoyais à ce groupe auquel j'appartenais. En cours de route, tu avais trouvé le moyen de me dire qu'ils étaient inférieurs et que je l'étais peut-être aussi. Ce que j'ai pu souffrir de ces échanges ! Si je me plaignais, c'est que je souhaitais être entendu et non jugé. Je la voyais, la médiocrité dans laquelle nous pataugions. Ce n'était pas la peine de me la rappeler. Pour me convaincre de lâcher prise, tu insinuais que nos gens étaient satisfaits de leur sort. Moi, je parlais de leur indigence pour que tu comprennes pourquoi je voulais les aider. Nous étions aux antipodes. Ce soir-là, nous avons dépassé les bornes.

– Pourquoi faut-il que vous soyez si différents des autres ?

– Tu n'as rien compris. Je ne veux pas être différent. Je le suis. Cela me suffit. Je veux être comme tout le monde, justement, mais en français. Être moi-même comme un autre, pas comme l'autre ! Tu saisis la nuance ?

Cela était devenu intolérable. D'autant que les longues descriptions détaillées que je partageais de nos réunions visaient deux intentions. Par ces échanges, je renforçais ma confiance en toi de sentir les misères humaines et de les partager. Puis j'essayais de te faire comprendre pourquoi il pouvait en être différemment pour les Canadiens français sur cette terre étrangère. La différence ne portait pas sur eux seuls. Les conditions de vie avaient changé aussi. Des gens très débrouillards mais peu instruits peuvent vivre de profondes confusions quand ils sont confrontés à leur sécurité d'emploi, à l'avenir de leurs enfants. C'est ce que je tentais de t'expliquer. Ce que je voulais, c'était une épaule où me reposer quelques secondes. Dans cette terre inamicale, il devait bien quelque part se trouver une oasis. Je l'avais mérité. Pourquoi me fallait-il la réclamer, même de toi ? Je me rends compte que mes notes sont truffées de références à ma « fatigue ». Je ne prenais pas soin de moi.

Notre relation se vivait en symbiose avec notre entourage. Un circuit pernicieux nouait nos destinées à celle de la communauté en formation.

« Avoir mérité », avais-je dit. N'est-ce pas la valeur que nous exigions tous : le droit d'exister dans notre différence ? La communauté vivait un épuisement nerveux à réclamer son dû. Elle traversait des jours de tranchées. À la différence de la guerre cependant, il n'y avait pas d'ennemis perceptibles à l'horizon. Mon corps, mon cœur, mon âme me font savoir aujourd'hui que j'aurais dû mieux écouter mon intuition.

La crise scolaire s'amplifie

De plus en plus, je me rendais compte que nous allions nous affronter sur des sujets pour lesquels il n'y avait pas à prendre position. Ils ne servaient que de prétextes à des malaises plus profonds. Le blocage résidait en nous. J'étais déçu de l'évolution de notre relation. Elle aurait dû représenter à mon sens un havre contre la tempête qui sévissait à l'extérieur. Naïvement, j'étais venu dans ce coin de pays pour lutter, oui, mais contre la maladie. En définitive, j'étais engagé dans un combat pour la liberté des miens. Tu me le reprochais. « Comme médecin, tu pourrais siéger à la table d'honneur de la *Moose Lodge*, te faire inviter comme conférencier à Toronto ; mais non, tu choisis de construire une école. »

L'idée ne m'avait jamais effleuré que tes blâmes puissent prendre racine dans une inaptitude particulière à toi. Tu me reprochais ce que toi-même tu ne pouvais pas atteindre. Tu me percevais comme un tremplin pour ta propre ascension. Je l'ai compris beaucoup plus tard en rassemblant les pièces sans nombre de notre puzzle. Sans compter celles que je n'ai jamais retrouvées et qui me hantent toujours. Je dis « inaptitude » mais, au fond, tu y voyais plus clair que tu ne le laissais entendre. C'est cet aspect de moi qui constitue mon plus grand défaut : ne pas savoir ce qui motive les autres. La *Moose Lodge*, Toronto, ce sont des références pour toi. Tu te figurais m'accompagnant et préparant ta propre ascension vers une échappée plus définitive, peut-être ? Quand on vit dans un comptoir de Pondichéry, on s'imagine à Casablanca ! Ces allusions à des postes coloniaux français te laisseraient de glace. Mais je me comprends !

Nous menions dans notre relation une lutte importée de l'extérieur. Tu étais toi-même aux prises avec d'autres défis, qui te tourmentaient affreusement mais dont j'ignorais tout. Tu ne m'en parlais pas. Je ne comprenais pas pourquoi tu devenais si indifférente. Mes engagements te rappelaient quelque chose de détestable, alors que tes reproches évoquaient pour moi ceux subis chaque jour en public. Je n'ai pas eu le courage de te l'avouer. Il me semblait que tu aurais dû t'en apercevoir. De toute façon, plus je m'expliquais au sujet des Canadiens français, plus j'avais l'impression de te donner des munitions pour tirer à bout portant sur ceux que tu considérais dans leur infériorité. Bien sûr, tu ne le disais pas ainsi. Tu te contentais de répéter que tu ne comprenais pas pourquoi ils n'arrivaient pas à mieux s'affirmer. Ce jugement s'adressait à moi, qui me mêlais avec plus ou moins de succès à l'organisation sociale de notre village.

Les événements semblaient te donner raison. Après que l'assemblée générale a voté en faveur de l'incorporation, les positions se sont durcies et les crises se sont précipitées. Nous n'avions pas démarré assez vite pour éviter les pires coups. J'en suis resté profondément marqué. Le président de la compagnie a contesté la légalité de notre entreprise, histoire de se donner du temps pour réagir et semer la zizanie dans nos rangs. Pour mettre toutes les chances de notre côté, nous nous étions adjoint McFadden, Irlandais catholique et, de surcroît, sympathique à notre cause. Notre tactique n'allait pas rassurer la Booth, que nous avions invitée à nommer, au comité chargé des démarches d'incorporation, quelqu'un qui veillerait aux intérêts de la compagnie. Le patron ne s'est pas laissé entraîner sur ce terrain glissant, craignant que cela donne l'apparence qu'il approuvait notre plan.

Son pouvoir, il le tenait sur les coupes de bois. Coup sur coup, sa force de frappe s'est fait sentir, implacable. Il avait embauché un contremaître dont le seul rôle était de surveiller Lafrenière, lui promettant qu'il le remplacerait s'il lui trouvait des failles. Depuis longtemps, Lafrenière était dans leur mire. Il avait toujours agi correctement, mais sa tendance à protéger les travailleurs fatiguait la haute direction. Il présentait des vues collectivistes et favorisait toujours la coopération entre travailleurs. Ceux-ci l'adoraient. Créer l'embrouille entre ces deux hommes fournirait au patron une arme incontestable. Il pourrait justifier le renvoi de Lafrenière pour insubordination et incompétence. Mais il ne connaissait pas toutes les règles de la forêt, le grand patron. Lafrenière n'était pas homme à se laisser intimider. Un jour que le *foreman* s'était aventuré seul en forêt, quatre bûcherons lui ont rappelé les règles du jeu. J'ai dû le panser à l'hôpital. Ils ne l'avaient pas ménagé. Médecin, j'ai dû soigner celui que notre action avait élevé au rang de bouc émissaire.

J'en arrivais à douter de notre engagement. Du mien, surtout. Le médecin et le revendicateur ne faisaient plus bonne route en moi. Une guerre rude se jouerait. J'ai partagé mes hésitations avec Lafrenière. Les membres du comité exécutif ont été tranchants: « Ce n'est pas nous qui sommes allés jouer dans sa talle de bleuets! » Deux jours plus tard, la Booth interdisait à deux Canadiens de se présenter sur les coupes, prétextant qu'ils ne fournissaient pas une productivité suffisante. Lafrenière, feuilles de rendement à l'appui, a dû argumenter en faveur des licenciés, deux de ses meilleurs hommes. Il a gagné, mais la rumeur a persisté. Tout le monde savait le rôle que jouait le projet d'incorporation dans ces revers. Certains s'échauffaient. D'autres s'en prenaient aux nôtres, les accusant de causer tous ces ennuis. Des accidents mineurs. La plupart restaient chez eux, dociles.

Un dénouement en perspective

En juin 1892, nous avons reçu un avis d'interdiction de nous réunir au *Hall* du village, propriété de la compagnie Booth. La rumeur circulait déjà depuis l'heure du lunch, alors que Bouffard, le bedeau, était allé demander la clé au bureau. Or, il semblerait que la demande en bonne et due forme n'était jamais parvenue au bureau, du moins c'est ce qu'on prétendit. En matière d'obstruction, on nous en avait servi d'autres: « La compagnie tient une réunion spéciale ce soir. *Sorry*! » Ou, comble de l'affront, il arrivait qu'on nous insulte plus directement : « La requête était en français et la secrétaire n'a pas compris » !

Nous préférions de toute façon nous réunir à la salle paroissiale. Réclamer le *Hall*, c'était notre façon de prendre possession d'un territoire public, qui deviendrait la propriété du conseil municipal après le référendum. C'est tout.

Cette nuit-là, après la réunion, quelqu'un a tenté d'incendier la salle paroissiale. On a laissé courir le bruit que la négligence des fumeurs en serait la cause. Or, le brasier avait commencé dans un tas de branches amassé contre le mur, à l'arrière. Un tas qui y avait été récemment transporté. Les traces étaient visibles. Un couche-tard avait sonné l'alerte. Comment aurait-il pu voir le feu s'il avait pris naissance à l'intérieur ? De plus, il n'y avait aucun dommage dans la salle, les flammes avaient à peine léché les premières planches. Selon Lafrenière, qui était accouru, non sans passer d'abord à la remise prendre l'équipement nécessaire, il y avait eu manigance. Comme on avait changé le cadenas, Lafrenière a dû briser le pan de la porte. Les preuves s'accumulaient : on essayait de terroriser les villageois et on y remportait un certain succès. Le curé s'en était mêlé lui aussi, nous invitant du haut de sa chaire à la prudence. Il n'aurait pu imaginer meilleure façon de travailler en notre faveur, sa prise de position fouettant les plus engagés.

28 décembre 1892

On n'y croyait plus ! Nous avons reçu l'autorisation de tenir un vote sur l'incorporation. Major est venu me la porter en main propre.

– Un petit cadeau du Nouvel An !

Cette annonce rendait notre initiative légitime, même dans l'esprit des plus timorés. La date fixée, celle du 12 janvier 1893. La missive annonçait que des officiers viendraient de North Bay contrôler le déroulement. Nous avions nous aussi prévu nos surveillants depuis la mi-octobre. Des amis de Sudbury se présenteraient à titre d'observateurs. Le calme est revenu, suffisamment pour que les gens aillent voter. De toute façon, chacun des membres du comité exécutif s'était donné comme mission de convaincre un proche. Entre frères, sœurs, cousins, cousines et voisins, on détient des arguments qui ne se comprennent qu'en français !

13 janvier 1893

Quatre-vingt-douze pour cent des ayants droit ont voté à ce référendum ! Un succès. Nous avons attendu les résultats avec impatience. Soixante-treize pour cent des résidents ont voté en faveur de l'incorporation. Le comité exécutif a été mandaté pour organiser les élections d'un conseil municipal en février de cette année. Personne ne représentera plus la compagnie, devenue simple citoyen comme chacun d'entre nous.

14 février 1893

C'est fait ! Quatre Canadiens et McFadden ont été élus au premier conseil du village. À ma très grande satisfaction, malgré l'insistance de mes collègues, j'ai pu me désister de siéger au conseil municipal. Il ne me reste plus qu'une bataille à livrer, celle pour la construction d'une école publique française où l'enseignement de la religion catholique sera assuré.

TROIS

Les limites de la clandestinité

Pendant tout ce temps, où en étions-nous, toi et moi, en 1893 ? Notre relation s'intensifiait à défaut de progresser. Passionnée, elle l'était. Nous nous déchirions de désespoir de ne pouvoir vivre notre liaison en plein jour. Pourtant, nous prenions des risques sans calcul, comme si nous voulions abattre les murs qui nous retenaient attachés au silence. Nous cherchions les occasions « officielles » de nous retrouver. Nous vivions alors de belles éclaircies. Chaque soir, nous mangions ensemble. J'arrivais tard, ce qui nous assurait la quasi-exclusivité de la salle à manger de l'hôtel. Pas complètement cependant, pour sauver les apparences. Toi, tu apportais tes comptes, prétexte pour rester plus longtemps. Maryse, en qui tu avais pleine confiance, pliait des draps dans un coin de la pièce. Tu t'étais intéressée aux questions entourant l'incorporation dans un premier temps à cause des effets possibles que celle-ci pouvait avoir sur les taxes foncières de l'hôtel. Le motif paraissait compréhensible, puisque tu étais pratiquement laissée seule à gérer l'hôtel.

Les après-midis, tu avais commencé à prendre part au service des bonnes œuvres de l'hôpital. Tu visitais les malades, à qui tu parlais avec tant d'attention. On ne tarissait pas d'éloges pour la jolie tenancière de l'hôtel.

Chacune de ces occasions forçait nos rencontres. Les gens avaient l'air de trouver le plus naturel du monde de nous voir ensemble. À l'hôpital, mine de rien, je me promenais à l'étage, espérant te trouver. Toi, tu en faisais autant près du poste des infirmières. Nous nous étions déniché une salle qui n'attirait pas l'attention – la chapelle. Si une Sainte-Vierge existe, elle peut attester les ébats les plus passionnés dans cette chapelle. Il nous fallait surveiller la sacristine, qui heureusement était myope comme une taupe et sourde comme un pot. S'il nous arrivait de la croiser, j'expliquais à « madame la présidente » quelque motif de construction, don de l'équipe des bonnes œuvres qu'elle dirigeait. Il restait abondamment de travaux d'aménagement à terminer et nous comptions largement sur la communauté. La bonne religieuse arborait un sourire, ce qui nous autorisait dans nos rapports.

21 avril 1893

Depuis peu, madame Lafrenière, une enseignante avec qui tu t'étais liée d'amitié, t'invitait à souper le samedi soir. Était-ce un hasard, son mari en a fait autant avec moi. La première fois, la surprise de nous trouver ensemble chez eux nous a figés une partie de la soirée. J'avais parlé à Lafrenière de notre relation un soir d'hiver, après une réunion à laquelle tu avais assisté, justement. Il m'avait fait part de son étonnement face à ta façon spontanée de comprendre nos besoins.

– Je ne sais pas, mais il y a comme une étincelle entre vous deux quand vous vous mettez à discuter. Faudrait pas vous laisser seuls trop longtemps dans les abatis, ça risquerait fort de s'enflammer!

Je lui avais confié notre situation pénible, toi anglaise, non catholique, mariée. L'impasse, quoi!

– J'aime autant t'avertir tout de suite. Entre ce que tu vois et ce que nous vivons en privé, il y a une marge. Il y a des moments où on se sent proches. Il y a des moments de reproches aussi. Quoi dire? Entre ce que je comprends, ce qu'elle interprète et nos différences, je ne sais plus où j'en suis. C'est comme si notre amour s'organisait autour d'un empêchement central à le vivre. Nous sommes en train de nous créer des habitudes, des rites qui nous enferment. C'est le mieux que je peux exprimer.

– Je comprends l'étincelle. C'est plutôt des flammèches que je vois! Tu souhaites régulariser la situation? m'avait-il demandé.

Je n'étais jamais arrivé à le verbaliser ainsi, aussi clairement. Il voyait des règles là où je pataugeais dans les marécages de mes états d'âme. Je ne savais pas ce que je voulais. Je vivais l'enfer, c'est tout ce que je sentais. Mais sa façon de reformuler mes jérémiades avait fait germer des espoirs. Sans attendre ma réponse, il m'avait offert la sienne:

– Écoute, m'avait-il dit, elle parle français comme moi pis toi. Elle travaille chez les religieuses et elle est très appréciée. Toi, tu l'aimes. Où est le problème? Elle divorce Townsend. Comme c'est un mariage protestant, ça ne compte pas et voilà!

J'ai ri de soulagement, tellement la tension s'en trouvait désamorcée. C'était pourtant si simple.

Pourquoi est-ce que j'hésitais à aborder la question ? Alors que toi, tu n'avais jamais suggéré de solution. Je ne savais même pas si tu voyais le problème de la même façon. Et je me retenais parce que les obstacles se trouvaient davantage de ton côté, du fait que tu sois mariée. Je m'efforçais de respecter tes engagements, ton rythme. Mais en même temps, je t'en voulais de perpétuer une relation défunte. Tu maintenais un mystère que je n'arrivais pas à m'expliquer. Il fallait qu'un autre motif t'accapare. De toute façon, nous n'en étions pas encore là dans nos échanges. Lafrenière allait au-devant de nos pas. Mais, sans me l'avouer pleinement, il me semble que nous piétinions. Une relation qui n'avance pas recule.

Nos visites chez eux devenaient des moments inégalés de notre vie. Leur maison nous procurait une telle paix. On se sentait en confiance et, à quatre autour d'une bonne table, nous tenions les meilleures discussions du monde. Une grande amitié s'est développée entre nous. Ton rôle de tenancière de bar te gardait à distance des femmes du village. Pour plus d'une raison. Tu consacrais ton temps à ton estaminet, où les femmes ne venaient pas, sinon rarement, à la salle à manger. Et elles se méfiaient d'une Anglaise protestante, riche propriétaire d'un hôtel. Il faut dire que le fait que ton mari soit alcoolique jetait une ombre au tableau également. Il n'était pas le seul au village à boire de façon abusive. Mais un hôtelier ivrogne, c'est comme un cordonnier mal chaussé. Ça ne se fait pas. La rumeur était largement répandue dans le village.

Il arrivait aux Lafrenière d'élargir le cercle du samedi soir. Ces soirées interrompaient notre intimité, mais nous pouvions jouir d'un partage plus ouvert. Certains demeuraient dans l'ignorance de nos rapports – du moins officiellement. Nous devions jouer le jeu. Le seul fait de nous trouver ensemble nous permettait d'oublier le mensonge qui nous entourait. Il fallait prendre certaines précautions pendant nos échanges. Au moment de passer à table, Lafrenière avait la délicatesse de t'inviter à t'asseoir à sa droite. Ensuite, il me demandait de prendre place entre toi et sa femme. J'y voyais une consécration ! Tu évoluais dans cette atmosphère avec grande facilité, une distinction déconcertante.

Depuis peu, j'avais mis dans le secret mon vieil ami de collège, Jean-Pierre, l'aumônier. Je me sentais un peu forcé de m'ouvrir étant donné qu'il se trouvait souvent parmi les invités chez les Lafrenière. Il me servait en un sens de conseiller spirituel, bien que je ne sois pas pratiquant. Je faisais confiance à celui qui s'était fabriqué une raison théologique. Lors de ma première confidence, il m'avait reproché d'entretenir une relation avec une femme mariée, et une patiente en plus ! Il ne s'expliquait pas que je n'aie pas respecté les frontières professionnelles. J'ai eu beau lui expliquer les circonstances, il restait toqué sur une idée fixe.

Je lui ai expliqué que nous nous voyions depuis plusieurs mois au moment de ton accident. Bien sûr, nous ne nous étions pas confiés l'un à l'autre avant ce coup du sort. La chute dans le ravin ne constituait qu'un facteur circonstanciel qui nous avait permis de nous manifester. Des évènements de ce genre ne déclenchent pas chez moi le besoin de tomber amoureux de mes patientes! Le hasard n'explique pas tout, ici.

– Elle s'est mise exprès sur ma route. C'est ma jument qui lui a fait perdre l'équilibre. Qu'est-ce que tu veux que je te dise de plus, Jean-Pierre?

Mes explications ne l'ont pas empêché de désapprouver le fait que j'aie abusé d'une patiente à ma charge. Il prenait ma réponse pour de la désinvolture. Il avait secoué la tête, scandalisé.

– Heureusement que je connais par ailleurs ta discrétion totale dans ta pratique.

Il voulait me disculper et il semblait souffrir que j'aie pu donner même l'apparence d'avoir entamé ma relation avec toi à ce moment-là. Peu importe ce que je disais, il restait un doute qu'il avait de la difficulté à dissiper. C'est cette semaine seulement que j'ai compris ses réticences.

– Une femme mariée, m'a-t-il sermonné, c'est l'adultère. Tu te rends compte dans quelle situation cela la place par rapport à toute la société?

Ah! le scandale: seule vérité du petit vicaire.

– Son mariage est à peine consommé, paraîtrait-il. Et il n'y a pas d'enfant. Elle pourrait facilement régulariser sa situation. Si elle désirait devenir catholique, vous pourriez vous marier sans empêchement aucun.

Alors que nous nous promenions dans le parc de l'hôpital, il me partageait son point de vue, moins que limpide. Des scrupules le tiraillaient. Comme s'il était en train de se parler à lui-même à haute voix, il avait ajouté:

– Remarque, je te présente une vue de l'esprit. Ce n'est pas une solution que je propose, il ne faut pas interpréter autrement mes propos. Le premier devoir d'une femme mariée, c'est d'honorer son contrat. Bout de ciarge! Pis toi, tu ne serais pas mieux de regarder ailleurs? Tu n'y as pas pensé? Tu pourrais avoir le goût de rentrer au Québec bientôt.

– Pauvre Jean-Pierre, que d'incompréhensions tu entretiens! «Il n'y a pas d'enfants» n'équivaut pas à l'absence de rapports conjugaux chez les protestants. Ta notion d'adultère ne s'explique que dans ton catéchisme à toi.

Je l'ai calmé en lui promettant de demander l'avis de monsieur le curé.

– Je lui expliquerai qu'un mariage à peine consommé c'est un peu comme être à demi enceinte!

J'avais proféré cette boutade pour lui montrer combien notre discussion s'éloignait des faits. L'allusion l'a fait rire. Et il m'a dit:

– Tu sais, je me sens assez à l'aise pour me trouver en votre compagnie chez les Lafrenière ou ailleurs. C'est vous qui portez le fardeau. Toi, tu es protégé, vu ton statut. Mais elle? Heureusement que vous cachez bien votre jeu.

Sa confiance était importante pour moi, même si les motifs ne me semblaient pas tout à fait limpides. Quelqu'un m'accompagnait dans la clandestinité malgré que sa position me semblait ambiguë. Pourquoi m'invitait-il en même temps à chercher ailleurs une compagne de vie?

QUATRE

Une école, une demeure à nous

Les gens que nous fréquentions étaient chaleureux à notre égard. Je crois qu'ils étaient fidèles, d'abord, aux personnes que nous étions. Des amis nous reconnaissaient comme couple dans leur vie privée et respectaient notre choix. Mais quel était-il, ce choix ? En avions-nous discuté ? L'avions-nous arrêté ? Il me semble que j'en avais parlé davantage à d'autres qu'avec toi. Ce n'est pas que je voulais trahir notre intimité, mais le sujet avait surgi à partir du moment où j'avais révélé notre liaison aux autres. Je comprenais ce que représentaient dans la vie de notre village les gestes de chacun. Il y avait un bon côté à cette connivence, à condition de se trouver du bon côté, justement. Toute déviance, que ce soit en raison du rang, de l'origine, du sexe ou de la langue, causait un problème pour tous. Certaines déviances paraissaient normales, alors que d'autres étaient impensables ! Nous frayions du côté de ce qui n'avait pas été prévu. Puisque nous n'en parlions pas, je me sentais coupable de m'être révélé à d'autres. Un éléphant blanc grossissait à vue d'œil et nous le contournions comme si de rien n'était.

Le sujet me brûlait les lèvres, mais je me comportais avec toi comme si j'avais peur de la réponse que tu pouvais me donner. Il me semblait que si je brusquais les étapes, si je provoquais la question, tu te retirerais. Je me retenais et créais l'enfer qui épuisait mes nerfs. Nous parlions ouvertement des façons les plus efficaces de tirer avantage des circonstances pour nous fréquenter. Nos vues sur l'avenir s'arrêtaient là.

Tu insistais pour dormir dans mes appartements tous les soirs. Tu n'y percevais aucun sujet d'inquiétude. Toi et Maryse aviez mis au point un plan infaillible, m'avais-tu assuré sans me l'expliquer. Moi, j'étais malade de remords, j'avais peur du scandale ou d'une visite inopinée de Townsend. J'y laissais ma santé alors que tu restais insouciante. Ce n'est que des années plus tard que j'ai compris l'astuce, grâce à une indiscrétion de Maryse : vous aviez recruté une fille, celle qui logeait au n° 26, afin qu'elle s'occupe de ton mari tous les soirs. C'était bien trouvé ! Elle passait une nuit de sommeil payée et ne risquait pas grand mal, Townsend étant toujours soûl. Pendant tout ce temps, lui croyait te tromper !

Aujourd'hui, je saisis que ma vie avec toi dépendait de manœuvres mobilisant plusieurs personnes dans un mensonge collectif. Je suis en mesure de distinguer la source de l'ambiguïté qui me paralysait. Toi et Maryse aviez concocté un plan sans que j'en sois informé. Cela allait de soi ! Moi, je m'inquiétais de nos sorties et des aveux que j'avais faits à quelques connaissances. Deux poids, deux mesures !

J'enrage de voir combien mon manque de vigilance s'étendait à toutes les sphères de ma vie. Pourquoi assumais-je de porter sur mes épaules les situations humiliantes de l'école ? La clandestinité nous guette partout ici. Moi, les Canadiens français. Serait-il abusif de parler de notre présence en cette terre comme celle d'une diaspora ?

Je t'avais laissé l'entière responsabilité de notre relation malgré que ça me mette très mal à l'aise. C'était un hôtel, c'étaient mes appartements bien sûr, mais j'habitais chez vous, chez toi et ton mari. Un jour, j'avais mentionné que je me sentirais plus à l'aise si je possédais ma propre maison. Tu m'avais piqué une de ces crises. Je n'en avais pas reparlé. J'avais interprété ton objection comme un besoin de centrer notre relation autour de ta vie, à toi. Je restais perplexe, incapable de te demander de justifier ton opposition. Dans le fond, j'avais peur d'aborder de front avec toi notre avenir à deux.

En rétrospective, je vois de nombreux signes que je me refusais d'accepter. À l'époque, tu ne pouvais envisager aucun avenir qui ne ressemblait pas au présent que nous vivions. Les arrangements de l'heure te suffisaient.

Ce n'est qu'après notre mariage que j'ai commencé à saisir les ressemblances. J'étais trop occupé à voir les problèmes de mon point de vue, selon mes valeurs, pour remarquer que nous venions d'horizons tout à fait opposés. Incompatibles. Nos similitudes camouflaient des différences irréconciliables. Ce qu'il a fallu éponger avant de le comprendre !

Après un certain temps, j'ai commencé à sentir que mon avenir entier était remis en cause. Combien de temps allait durer mon séjour à Mattawa ? La réponse à cette question dépendait-elle de celle que nous donnerions à notre lien ? Allais-je un jour me marier comme je le désirais et élever des enfants ? Est-ce que j'accepterais encore longtemps la situation telle que nous la vivions ou allions-nous nous marier ? Si oui, est-ce que je pouvais m'imaginer retourner vivre au Québec avec toi ? Je me posais ces questions sans chercher vraiment à leur trouver réponse. Chacune d'elles comportait des pièges, me semblait-il.

Les luttes scolaires se poursuivaient. Je t'avais dit qu'une fois la construction de l'école assurée, je me retirerais de ce dossier. De toute façon, il n'y aurait plus de tracas, t'avais-je naïvement annoncé. Quatre ans après la construction de l'hôpital, nous pouvions entreprendre celle de l'école française publique. Le défi d'ériger un édifice public devenait une responsabilité importante, mais dépassant nos compétences. En le réalisant, nous avons compris combien le régime de gestion municipale sous la compagnie nous avait laissés dans l'indigence. L'école comme l'hôpital doivent être raccordés à un système d'approvisionnement en eau, en électricité si possible et à des égouts. Aucune de ces infrastructures de base n'existait. Le conseil municipal n'arrivait pas à répondre aux nombreuses requêtes de la commission scolaire. L'avancement du projet ne pouvait aller sans l'avancement des autres aspects. En le comprenant assez tôt, nous avons réalisé un plan d'ensemble qui tenait également compte des besoins domiciliaires.

Comme tout le monde, je pataugeais dans ces dossiers à titre bénévole, et j'ai appris amplement sur l'administration publique. J'ai pris connaissance d'octrois spéciaux pour l'acquisition de terrains, l'installation des systèmes d'égout et d'eau potable. C'est moi qui préparais les demandes pour tous les citoyens éligibles. Pendant ce temps, je gardais l'œil sur un bel emplacement longeant la rivière en amont. Puis je l'ai acheté. Mais les subventions contenaient une clause restrictive : le domicile devait être construit et habité en moins de deux ans. M'engager dans cette voie, était-ce ma façon de forcer les événements ?

12 mai 1896
La rivière coule à flots. La débâcle est à peine passée. Le maskinongé fraie au soleil sur les bords. Je suis venu visiter mon lot. J'essaie de suivre mes pensées, qui défilent aussi vite que le courant devant moi. Assis sur une pierre plate que j'ai imaginée comme marchepied où installer la base du perron devant l'entrée principale, j'entrevois tous ces arbres à couper et, pendant un instant, je recule devant mon projet. Cet automne, j'ai demandé à Lafrenière si on pouvait bâtir sans abattre ces beaux arbres. « Oui, bien sûr, à condition de bâtir petit ou de faire des pièces détachées de l'édifice principal. Ce serait malheureux de se priver de ces belles planches, que tu devras prendre à d'autres arbres qu'il faudra couper de toute façon. » C'était sa manière de me dire que c'était impossible. Je la vois déjà cette demeure, avec ses appentis à l'arrière : cuisine d'été, remise à bois et abri pour la voiture. Au rez-de-chaussée, le salon à l'ouest pour la vue du coucher de soleil ; à l'avant, de l'autre côté du vestibule, la salle à manger donnant sur la rivière ; au fond, adossées à la forêt, les pièces de service : cuisine, garde-manger, buanderie et sanitaires.

J'ai passé l'automne à m'informer sur la qualité des divers services : eau, électricité, chauffage, menuisiers. À découvrir qui sont les meilleurs ouvriers pour chacune de ces installations. J'ai préparé un cahier des charges. Mais il me faudra faire vite avant qu'ils s'engagent dans d'autres projets.

Est-ce que je vais commencer la construction ce printemps ? Je suis hésitant. Je me sens engagé dans un cul-de-sac. Devant toi, je ne sais plus comment communiquer mon malaise. Je ne sais plus qui je suis. Je n'ai plus d'identité, je n'ai plus de langue. Le mieux est de ne rien dire et de faire. On verra où cela mènera.

8 septembre 1896

Je t'ai annoncé mes plans concernant la construction d'une demeure à nous. J'ai insisté sur mes obligations à cause de l'octroi reçu. Je me fais l'impression de demander une permission ou de me faire excuser pour l'audace de mon initiative. J'essaie de partager avec toi une nouvelle agréable tout en craignant ta réaction, qui a été mesurée. J'ai eu affaire à la tenancière. Dès mon déménagement, tu loueras mes appartements, ce qui ne sera pas facile maintenant que le plus fort de l'immigration est passé. Il y a bien ce notaire qui souhaite s'installer en ville depuis que la construction immobilière est florissante. Peut-être trouveras-tu preneur ?

Moi, je voulais t'entendre parler de nous, de nos projets d'avenir. Rien. J'ai insisté, je suis revenu à la charge. Tu m'as dit enfin que tu allais y penser. Tu m'as fait remarquer que c'est moi qui déménageais. Que tu allais faire ton possible pour me visiter, mais que ce serait plus difficile. L'arrangement avec Maryse s'effondrait du coup. Comme si j'en étais responsable.

En mon for intérieur, j'en étais fort aise, j'y voyais une façon de forcer les événements. D'assurer que nos rencontres ne soient plus attribuables au fait que Townsend était hors de danger de nuire. Tant mieux! J'avais trouvé mon arme pour ébranler l'équilibre qui s'était installé autour de cet arrangement. Un accommodement qui nous entraînait dans un cercle infernal, pour moi du moins, de ménage à trois. Juste d'anticiper me retrouver avec toi dans notre maison, un énorme poids se dissipait. Je devenais léger. Normal.

Pour que tu puisses entrer dans notre demeure, il faudrait normaliser nos rapports. Nous ne pourrions plus compter sur le prétexte d'une visite organisée chez les Lafrenière. Ici, tous les jours, tu entrerais et sortirais par la porte principale. Mais comme madame De Caseneuve.

Je n'avais pas porté une attention particulière à cette question, mais je l'avais conçue. L'imaginaire façonne le réel, c'est sûr. Il contient des exigences auxquelles rien au monde ne peut résister. Surtout pas la logique. Je l'avais visualisé, j'en avais rêvé, cela allait se produire, j'en avais la certitude.

Un passé qui interfère

Nous en étions là, le temps s'étirait. Nos tête-à-tête nous nourrissaient. Mais en même temps, rancune, méfiance, retenue et angoisse s'accumulaient en nous. J'hésitais à te demander de faire le saut. Mes amis me harcelaient de leurs questions. Comme les bûcherons qu'ils étaient, pour eux, le terrain avait été nettoyé, il n'y avait donc plus d'obstacles. Alors que la lumière passait dans la coupe de bois, comme ils disaient, pourquoi restions-nous dans les ténèbres à nous torturer ? Sans compter que nous rendions tout le monde mal à l'aise. On ne peut pas en même temps mettre ses amis intimes dans le secret et leur demander de se mêler de leurs affaires.

Je me souviens d'une expérience des jours où j'habitais encore dans vos appartements. Elle explique pourquoi nous ne pouvions envisager un meilleur sort. Ta mère est venue vous rendre visite. Dès cinq heures, la bouche pâteuse, elle monopolisait la taverne, riant avec chacun comme s'ils étaient de vieilles connaissances. Les alcooliques ont des amis dans tous les ports du monde. Elle et Townsend s'engageaient dans un concours de coude à lever jusqu'aux petites heures du matin. Le torchon avait trouvé sa lavette !

J'étais entré comme à l'accoutumée dans la salle à manger. Tu avais évité mon regard, malgré mon insistance. J'ai pensé que tu devais être trop occupée. Ou préoccupée. J'aurais aimé savoir, en être informé. Cela me paraissait la moindre des choses compte tenu de nos liens. Mais comme nos rapports étaient doubles : les moments intimes, illégitimes, secrets (fougueux, ceux-là) étaient entrecoupés de d'autres, comme ce soir, publics alors que nous devions être objectifs, froids, distants l'un vis-à-vis de l'autre. Nous vivions tantôt le *Dominion Day* où Canadiens et Anglais jouaient à faire semblant, tantôt le quotidien des jours de *boss* et d'ouvriers. Ce soir-là, j'étais un ouvrier invisible. J'aurais dû le savoir. Je mêlais tout. À ce moment précis, à cause de la visite de ta mère, tu endossais un autre rôle. Dans ce théâtre, moi, je perdais le mien. C'est ce que j'aurais dû comprendre. Finalement, j'ai dû m'accorder avec la situation et ronger mon frein en silence. Mais chaque fois que cela se produisait, je mettais un couvercle sur mes sentiments. J'en étais arrivé à ne plus me fier à mes impressions. Je devais me tromper ? Il y avait eu méprise ? Et toujours, quand les moments d'intimité étaient permis, nous passions à l'heure du pardon, de la réconciliation et même de la reconstruction de notre relation, parce que l'atmosphère s'était dégagée.

24 septembre 1896
Ce soir, j'ai rencontré ta mère. Tu m'avais peu entretenu à son sujet. Il faut bien le dire, aucun avertissement n'aurait pu me préparer à cette tornade. Soudain, arrivant du bar, *M*rs Fiffe a surgi dans la salle à manger. Rien ne lui échappait malgré son état avancé d'ivresse. Surtout si un beau jeune homme se trouvait sur sa route. Avant qu'elle le fasse d'elle-même, tu me l'as présentée et l'as dirigée de force vers une autre table. Cambrée en plein milieu de la pièce, elle s'est arrêtée. « Doctor who ? » « Docteur De Caseneuve, *mom* », avais-tu répété, comme à peu près toutes les phrases que tu devais lui crier à l'oreille. « *Well, doctor Casanova* ! » m'a-t-elle dit. Faisant fi de tes efforts pour l'éloigner de ma table, elle a tiré la chaise devant moi et commencé à m'expliquer de long en large ses nombreuses opérations, sans oublier les difficultés qu'elle avait éprouvées à ta naissance.

Mais on ne peut pas tout prévoir. Le pire est la chose la moins certaine du monde. Quelqu'un a dit cela. Il ne connaissait pas *M*[rs.] *Mother*, comme tu l'appelais. Nos regards se sont croisés. Je t'ai souri. Tu étais blême, mais en quelque sorte soulagée. Jusqu'au moment où *M*[rs.] Fiffe s'est mise à parler contre les « *goddam Frenchies* ». C'est tout ce qu'elle avait vu dans ce pays. « Oui, oui, oui, *goddam Frogs everywhere* » ; « *Some don't even speak English, can you imagine* ? » En moins d'une, tu avais trouvé une force que je ne te connaissais pas. Tu l'avais mise sur ses pieds et entraînée vers la cuisine. La dernière exclamation que j'ai entendue : « *Nice man, this doc* ». Le compliment ou l'insulte lui venait avec le plus grand naturel, sans qu'elle semble en avoir conscience.

Maryse m'a servi le *sheppard's pie* du mardi en silence. La gêne était palpable. Je ne t'ai pas vue de la soirée. J'ai entendu du fond des pièces tes cris de désespoir et de rage. Vous vous engueuliez vertement, toi et ta mère. J'ai quitté la salle plus tôt qu'à l'accoutumée, par discrétion. Je me sentais impuissant. Je ne pouvais pas intervenir davantage sans mettre au jour notre liaison. Je n'avais pas le loisir d'entrer dans tes appartements, j'étais exclu de tout un monde. Je m'imaginais un certain rapprochement inspiré par les mots irresponsables de ta mère. Les Canadiens français n'ont pas droit de circuler librement au village. À cause d'une pauvre ivrogne, je me sens en punition.

30 septembre 1896

Tu n'es pas venue me retrouver depuis ce soir-là. Tu as négligé tes engagements à l'hôpital, prétextant une surcharge. Ce long silence est pénible pour moi. Un mystère de plus. Une catastrophe de plus dans une vie chaotique et de cachotteries. Le début de la solitude à deux! Je suis en pénitence parce que ta famille est non fonctionnelle! Comme tous les Canadiens français sont des exclus, des laissés-pour-compte dont la présence en tant que parlants français demeure impensable. Les frasques de madame Fiffe en révélaient peut-être davantage que nous étions prêts à accepter.

Une présence contestée

J'ai compris à ce moment-là que tu n'allais pas faire le saut pour que nous puissions nous marier. Tu étais déjà mère : tu avais à t'occuper de ton fiston de Townsend et de ta fillette de mère. Bien que rongée de honte, tu t'étais donné pour tâche de les rendre le moins possible en état de nuire. Malgré toi, j'imagine, seules des situations ambiguës pouvaient concilier tous ces impératifs et ceux de notre relation.

Il ne s'agissait pas d'un emmêlage spécifique à toi, mais de celui qui se construit autour de l'alcoolisme. Par ton travail, tes attentions et ta sagacité même, tu comptais sauver cet hôtel et ton couple. Tu en étais la force stabilisatrice. Et cela fonctionnait, en apparence du moins. Mais comme chez tous les piliers, le pouvoir de l'illusion est grand. Tant qu'ils restent debout, l'édifice tient. Il n'y a qu'à voir la Grèce antique : un pilier suffit à imaginer l'édifice entier des milliers d'années plus tard! Une colonne du temple et toute une civilisation surgit! Ta mère débarque à l'improviste dans un hôtel et ton univers est démasqué. La vérité, c'est que ta mère s'abîmait chaque jour davantage. Que Townsend était passé de la boisson au jeu. Vous perdiez chaque épargne que tu avais réussi, à force de détermination, à mettre de côté. La clarté que je te réclamais était inconciliable avec cet entourage entretenu par l'ambiguïté, le non-dit, l'abdication même.

28 août 1897

Par ce beau dimanche ensoleillé, je suis venu me reposer chez moi. Enfin, dans l'essentiel de ce qui sera ma maison dans un mois, m'assure-t-on. Les travaux sont avancés. Mais on ne pourra pas peinturer toutes les pièces cet automne puisqu'il faut laisser sécher les planches. À cette fin, la saison de chauffage sera utile. On a construit une belle galerie sur le devant avec deux tourelles aux extrémités. La maison prend l'allure d'un grand domaine avec sa lucarne dans le faîte et sa cage d'escalier ajourée. J'aime particulièrement la fenestration basculante au rez-de-chaussée et à la française à l'étage. J'y ajouterai de jolis volets au printemps. Les ouvriers ont accordé une attention particulière aux planchers. Dans le salon, des lattes embouvetées d'essences de bois variées donnent un jeu moiré de couleurs et de formes. Chastaignier, l'entrepreneur, est fier d'avoir obtenu les services du vieux Casaubon pour les rampes d'escalier et les moulures des fenêtres et des portes. Celui-là même qui a réalisé les plus belles chaires des églises du Nord de l'Ontario. Sa fierté : raconter comment fonctionne une chaire pivotante. Autrement, il est avare de mots. Chastaignier me dit qu'il arrive le premier au boulot et est le dernier à partir, une fois que tout a été nettoyé. Pas un copeau ne traîne. Quand je le lui ai fait remarquer cette semaine, il m'a répondu, l'air espiègle: « C'est pour ne pas m'enfarger demain matin ». À part le sourire inscrit dans la ride profonde de sa joue, vous ne sauriez pas qu'il a parlé.

On attend la livraison du poêle Bélanger avant de poser les portes de l'entrée principale. Dans la cave, la cuve pour le chauffage central est installée. L'essentiel est arrivé. Aujourd'hui, je me réjouis pleinement de cette entreprise. Je ne tiens plus à savoir s'il s'agit d'une diversion à mes tracas. Cette maison me réconforte. Je suis fier de ce coin de terre et de cette propriété.

Vers l'insupportable

À la même époque, les efforts se multipliaient partout en Ontario pour éliminer les écoles bilingues et les remplacer par des écoles anglaises. Le message officiel du gouvernement de l'Ontario prétendait que les Canadiens français réussiraient mieux leurs études s'ils entreprenaient leur scolarité en anglais. Au début, il n'y avait rien de spécifique, que des rumeurs voulant que l'absentéisme soit élevé chez les Canadiens français. Le prétexte d'examiner la réussite des élèves camouflait la véritable intention d'assimiler les Canadiens français.

Il est vrai que certains parents n'hésitaient pas à retirer leurs enfants de l'école pour la moindre tâche domestique. Chez d'autres, comme chez les Villemaire par exemple, qui avaient dix-huit enfants, l'inévitable se produisait : les plus vieux devenaient parents plus vite qu'à leur tour. Mais, en général, nous y voyions, grâce à un comité de surveillance que nous avions mis sur pied. Le pire se produisait chez les aînés, qui quittaient souvent l'école avant l'âge réglementaire. Qu'ils réussissent ou non, le phénomène était généralisé. Dès qu'ils se rendaient compte que rien n'existait après la huitième année, ils perdaient la volonté de continuer. Beaucoup d'entre eux ne dépassaient même pas la septième année pour cette raison. Empressés d'aller travailler. Pouvait-on les en blâmer ? D'être assis sur un banc d'école devenait une punition avant de s'atteler à ce qu'ils devaient finir par entreprendre de toute façon. Il faut vraiment se mettre dans cet esprit pour comprendre cet abandon généralisé des études.

Seuls les futurs collégiens, qui avaient en tête un avenir différent, persévéraient. Ceux-là vidaient l'école de tout ce qu'elle contenait de savoir, ce qui ne représentait pas nécessairement une tâche exténuante. Les livres étaient peu nombreux. Les élèves plus dédiés avaient lu et relu le manuel d'histoire. Ils le connaissaient par cœur. Ils pouvaient prendre l'atlas de géographie et, pour chaque pays, en réciter le nom de la capitale et des villes d'importance, identifier les produits premiers pour lesquels ils étaient reconnus, nommer les principaux cours d'eau et reliefs, leur population, la langue nationale, et reconnaître leur drapeau. Il suffisait qu'un missionnaire oblat, de passage pour une prédication, leur parle de pays d'Afrique ou d'Amérique du Sud pour que leur détermination à poursuivre leurs études soit ravivée. Le goût du voyage l'emportait souvent sur l'attrait de la vocation sacerdotale, il est vrai. Mais partir ! Ils voulaient tous quitter la vie de leurs parents.

Dans cet apprentissage, un seul pays leur posait problème : le Canada. Pays membre du *Dominion* britannique, dont la langue est l'anglais et le drapeau l'*Union Jack*. Les plus futés comparaient ces notes de géographie avec leur livre d'histoire, qui faisait remonter l'origine de leur patrie à l'arrivée des Français, à la fondation de Québec en 1608. Ils évoquaient alors les deux cents ans de colonisation, la fleur de lys dans leur imaginaire, les villes importantes que sont Québec, Trois-Rivières et Montréal. Même Saint-Jean-de-Matha, à la limite, parce que plusieurs familles venaient de cette région ! Les règles qui paraissaient claires quand on les appliquait aux pays étrangers devenaient compliquées quand il s'agissait du leur. Pourquoi ? Cette question marquait pour eux le début des grands questionnements insolubles. Être étrangers, ici, chez soi ! Mais guère plus qu'au Québec.

Comme tous les Canadiens français, ils connaissaient le «*Je me souviens*». Mais personne n'aurait pu dire comment cette devise s'était imposée à notre peuple. La petite histoire veut que, à l'occasion de travaux de réfection à la façade de l'Assemblée législative effectués en 1883, on ait fait adopter par la Chambre les frais de cette initiative sans préciser la devise qui serait inscrite au fronton. Le lieutenant gouverneur aurait approuvé sans rien soupçonner. La devise aurait ainsi été adoptée en catimini !

Ceux qui désiraient poursuivre au-delà de la huitième année devaient quitter leur famille pour se rendre à Rigaud, Joliette, Trois-Rivières, Ottawa.

Inutile de préciser que ces départs ne se produisaient que dans quelques ménages. Les plus aisés ? Souvent, mais pas nécessairement, puisqu'il y avait chez nous des foyers « portés sur l'instruction », comme on disait dans la région.

Depuis 1889, les Canadiens français vivaient avec la menace qu'avait imposée la commission Tilley, Raynar et McLeod, qui avait stipulé que l'enseignement du français ne devait en aucun cas nuire à l'acquisition parfaite de l'anglais. De l'avis des commissaires, il n'y avait qu'un moyen pour y arriver : que l'instruction soit dispensée en anglais et que cette langue soit celle de la communication entre élèves en tout temps et partout.

Nous avions devisé de quelques codes pour contourner les volontés de la commission et garder nos écoles ouvertes. Mais les affaires se compliquaient. Non seulement voulait-on nous imposer l'anglais comme langue d'usage, mais on nous avait également demandé de mettre de côté nos manuels du Québec et de les remplacer par des volumes anglais provenant des Maritimes. De délaisser, donc, le contenu de nos apprentissages ; autant dire d'abandonner notre culture.

Chaque année, à l'improviste, un inspecteur du ministère de l'Éducation arrivait par train de North Bay. Nous avions mis au point un rituel d'accueil. Le chef de gare, Major, envoyait toujours un émissaire, Dalcourt, avertir la directrice : « Les Anglais sont à l'intérieur de nos murs ». Il fallait alors cacher les manuels du Québec et commencer une récitation en anglais, qui avait été apprise par cœur pour l'occasion. Dalcourt avait pris l'habitude de cacher le message dans une de ses bottes de caoutchouc. Un jour, il est arrivé à l'école et, ne trouvant pas son message, il s'est mis à bredouiller. Un grand de la huitième s'est levé et a crié : « Compagnons, à vos armes ! » L'institutrice avait dû y mettre tout son change pour rétablir l'ordre. Quand l'inspecteur était entré dans l'école, il n'avait entendu que de l'anglais. Satisfait, il était retourné faire rapport à ses supérieurs. Un texte qu'il avait griffonné sur le coin d'une table à l'hôtel, en maugréant contre ces maudits Canadiens français qui parlaient si mal. Il avait arrosé le tout d'un bon scotch !

Pendant ces années de résistance, je devais moi-même me battre avec des comptes rendus de plus en plus compliqués. Il fallait rapporter au Ministère le nombre d'élèves et leur taux de réussite, faire état des manuels achetés et décrire les qualifications des enseignantes. Cela vaut combien, une fois traduit en anglais, un « brevet d'enseignement de niveau deux » ? « *Brief for teaching of second class* », rejeté !

Nous avions dépassé les deux cents élèves, répartis en huit classes en comptant celle de la directrice. Mais nous n'assurions pas une tenue de livres très élaborée. Depuis le début, combien d'élèves avaient complété la huitième ? Difficile à dire. Une chose nous sauvait, le nombre allait grandissant. De dix familles, il y en avait maintenant au-delà de quarante ! J'insistais sur l'augmentation du nombre d'élèves et non sur celle du nombre de familles ! Dans la grande étude de ma nouvelle demeure, j'y passais mes soirées sous la lampe. Je pataugeais dans des questions que nous ne devions pas poser. Les propos à demi voilés à formuler. Comment déclarer au Ministère que les résultats scolaires et l'assiduité se rapprochaient des normes fixées alors que la réalité était tout autre? Continuellement, j'étais hanté par cette impression désagréable que le calme relatif ne tenait qu'à un fil ténu. Qu'un des bouts était entre mes mains alors que, sur l'autre, un inconnu tirait, et je ne savais pas où il se trouvait.

À Toronto, bien sûr, mais qui étaient-ils? Jamais vus ni connus, les noms de mes interlocuteurs changeaient sans cesse. J'étais seul. Eux, nombreux. Instruits et rompus à ces jeux dont on ne me révélait pas toutes les règles. On les inventait au fur et à mesure, il me semblait. Des directives écrites, serrées, à déchiffrer, à traduire en français pour les commissaires. Ensuite, je devais rédiger mes rapports en anglais pour les fonctionnaires de Toronto. On perdait le sens. Je perdais les miens. Qu'est-ce que je faisais dans cette galère? Sans compter mes obligations premières à l'hôpital. Mais j'avais la chance de pouvoir m'appuyer sur un nouveau collègue, Chénard, jeune diplômé plein d'entrain.

23 avril 1898

Ah, une visite inopinée! Pourquoi hier? Tu me savais en congé. Les chances de me trouver à la maison étaient grandes. Ou est-ce l'arôme du gigot d'agneau que j'avais mis au feu en fin d'après-midi qui t'a amenée? Et moi, pourquoi est-ce que je me faisais cuire un gigot entier en milieu de semaine? Je n'attendais personne en particulier. En bon célibataire, j'en étais venu à manger souvent les restes d'un même repas cinq jours d'affilée. À ce régime, même un bon gigot à la ficelle finit par vous dégoûter. Mais aujourd'hui, je me faisais une petite fête juste à penser au plaisir que j'aurais à le déguster. Je l'avais parti à feu vif pendant une demi-heure et ensuite mis au réchaud à trois cents degrés Fahrenheit, entouré au fond de la lèchefrite de panais, navets et pommes de terre.

Tu es entrée me rejoindre à l'étude sans attendre que je vienne t'ouvrir. Une pratique courante chez les nôtres. Aujourd'hui, tu entrais pour la première fois chez moi. Enfin, là où devait être ta demeure aussi. Il y avait plus d'un an que j'avais quitté l'hôtel. Par principe, je n'étais jamais allé dans tes appartements privés. Je dis par principe, mais j'en suis peu convaincu. Je pourrais tout aussi bien dire par caprice. Propriétaire de ma maison, j'essayais de me convaincre que le terrain de nos échanges se trouvait ici. Nous nous étions vus à quelques reprises à la salle à manger de l'hôtel depuis mon départ. À part les invitations chez les amis et les rares rencontres à l'hôpital, nous avions vécu dans le désert. De tête-à-tête, aucun.

Je me suis senti intimidé par ta présence. Nous nous sommes longuement regardés. Puis tu as explosé : « Quoi ? Pourquoi tu me regardes de même ? » Tu t'es mise à rire de ce magnifique éclat qui roule du fond de ta gorge, qui roucoulait, grasseyait de volupté. Tu t'es approchée de ma chaise. Je t'ai enlacée à la taille, t'ai renversée sur mes genoux. J'ai fourré mon nez dans ton corsage et nous nous sommes embrassés longuement. Je me laissais pénétrer de ta fraîcheur, de ton haleine, de la senteur exquise de tes vêtements toujours si bien confectionnés. J'étais heureux. Je trouvais le havre dans la tourmente. Cette grande demeure que j'avais fait construire en prévision d'un avenir ample et rempli d'amis et de famille, j'avais le sentiment que j'allais l'habiter complètement.

Je t'ai demandé de rester à souper. Pour toute réponse, tu es montée à l'étage. « Tu pourrais me faire visiter avant », m'as-tu lancé en gravissant le grand escalier. J'ai entendu l'eau du bain couler. Je suis allé au fourneau vérifier la cuisson. Je suis descendu à la cave choisir une bonne bouteille de rouge.

Mon cœur palpitait quand je suis revenu à la cuisine. Je n'ai pu m'empêcher de monter à mon tour. Je t'ai retrouvée dans mon lit. Tu t'étais glissée entre les draps. Mon cœur battait la chamade. Comme la première fois après ton accident. Ici je suis chez moi ; tu es avec moi. J'ai senti le courage remonter. Tout était si naturel. Quel merveilleux moment d'extase ! Ensuite, tu as dormi un peu.

Quand tu es descendue, je me suis excusé parce que le gigot était surcuit !

13 mai 1899

Depuis un an, presque tous les soirs, tu viens me retrouver. Tu ne t'occupes plus de la caisse ; un commis a pris la relève à la taverne. Le village s'installant de façon plus permanente, la salle à manger est moins occupée et la charge des cuisines a diminué. Maryse a été promue à la gestion. Les visiteurs et les gens en transit ont disparu, plusieurs chambres demeurent vides. Mes appartements ont été transformés en bureaux d'affaires abritant un notaire, un agent d'assurances, un comptable. Tes obligations ne sont plus les mêmes. Pour moins d'efforts, tu gagnes un revenu suffisant. Townsend a pratiquement disparu ! Il reste la plus grande partie de son temps à North Bay, où il a acquis un nouveau commerce et une compagne, à ce qu'on dit. Cela nous facilite les choses.

J'aime entendre tes pas dans l'entrée, le soir. Un baume se répand sur mon corps. J'apprécie à ce moment-là à quel point je suis tendu. Tu passes par la cuisine préparer un thé que tu m'apportes à l'étude. Tu déposes le plateau. Tu esquisses le plus beau des sourires. Nous nous regardons en silence. Tu restes là devant moi. Ce moment est notre seule vérité. Le reste, pur décor.

À deux, nous n'occupons pas toutes ces pièces, vides pour l'heure, mais meublées dans nos esprits pour des temps futurs, du moins, je le suppose. Il y a parfois entre nous quelques allusions furtives. Mais surtout, tu prends place, modifiant les arrangements, préparant des tentures, aménageant la cuisine. Ta main laisse ses magnifiques traces et empreintes partout depuis un an. Tu es chez toi. Quand tu reviens à l'étude, tu commentes un détail. Ta parole jaillit comme une musique. Nous sommes chez nous, presque. Certains soirs, on arrive à oublier que ce n'est pas tout à fait le cas.

J'ai des inquiétudes. Tu as pris l'habitude de travailler plus tard à l'hôpital. De fil en aiguille, d'initiatives réussies en tâches menées à bonne fin, tu a été promue adjointe de la sœur économe. Elle porte bien son nom et, d'avoir trouvé en toi cette perle rare, capable de gérer les affaires, la soulage. Tu es responsable des cuisines, de l'entretien ménager, des approvisionnements et du personnel. On dirait que, devant deux insatisfactions, tu avais opté pour une troisième voie. Une fuite en avant plutôt que de regarder en face ton mariage et notre relation. Je te vois aller t'épuisant. Et de moins en moins heureuse.

✣

L'inattendu

25 octobre 1899

Tu es rentrée à la maison en déconfiture. Je t'attendais, comme à l'accoutumée, dans mon étude. Je t'ai entendue toussoter, mais je n'en ai pas fait de cas. Comme tu tardais à venir, je me suis remis au travail, pensant que tu vaquais à d'autres tâches. Tout à coup, je t'ai entendue pleurer dans la salle d'eau. Je me suis précipité. L'air lamentable, tu répétais, le visage convulsé et les yeux fous : « C'est pas vrai. Non, ce n'est pas vrai ». Quelle catastrophe avait bien pu te tomber dessus ? Tu étais agitée. Tes mains tremblaient. Je sentais qu'un ennui grave s'était produit. Mais quoi ? Finalement, la bouche méchante et les yeux hagards, tu as laissé sortir trois petits mots : « Je suis enceinte. » Sur le coup, j'ai été effrayé, moins par l'annonce que tu me faisais que par ta réaction de colère et de dégoût. Ce n'est pas comme cela que je l'avais voulue, mais la grossesse n'aurait pas dû nous étonner compte tenu de notre situation. À te voir, je comprenais que tu ne l'entendais pas de la même manière.

Depuis sept ans que nous nous fréquentions, il fallait bien qu'un jour ou l'autre cela se produise. Le bébé n'était pas en avance ; c'est nous qui tardions. Je t'ai demandé de régler ton divorce ; je t'ai dit que nous pourrions être mariés avant Noël si tu prenais les mesures pour y arriver.

– Il n'est pas question que je divorce. Je retourne à l'hôtel Townsend. Et on verra bien.

Tel a été ton verdict. Depuis huit ans que vous n'aviez pas couché ensemble et tu allais retourner dans son lit ? Alors que nous nous promettions notre amour, que nous échangions nos sentiments au quotidien ? Et ce revirement soudain ? J'étais dévasté par ta décision. Autant d'inconséquences me rendaient fou. Je n'arrivais pas à absorber ce que je vivais. La chambre tournait, j'avais des bourdonnements aux oreilles. Je n'entendais plus qu'en écho ma voix déchirée par la douleur. Mon corps n'était plus qu'une plaie vive, comme si on m'avait passé dessus avec des herses de la grosseur d'une roue de locomotive. À ce jour, évoquer cette scène me donne encore la nausée. Comment avions-nous pu en arriver là, nous trouver tout à coup devant rien ?

Une image surgit, je ne sais d'où, alors que je me remémore cet instant. Dans la forêt, il y avait un endroit reculé où je me rendais à l'occasion. Je m'y retrouvais souvent malgré moi quand la douleur persistait. Les arbres poussaient si haut qu'il y faisait toujours sombre et froid. Tant de nature devenait comme une prison. J'y contemplais la lumière au-delà des cimes. Je m'imaginais qu'il me faudrait des ailes pour m'évader. Voler vers la liberté. À ces moments-là, je revoyais ma mère, le jour où, à quinze ans, j'étais allé chercher son corps à l'hôpital pour l'accompagner au salon funéraire. Elle avait tellement souffert vers la fin de sa vie. Elle avait dit, quelques jours auparavant : « Je n'en peux plus, continuez tout seuls ».

Cette fois-ci, c'était moi qui n'en pouvais plus. *Non possumus.* À tort ou à raison, cette expression souvent entendue au collège a retenti en moi. Elle provenait d'une allusion à des martyrs, je crois. Tu portais mon enfant et je sentais la mort m'assaillir. Pourquoi devions-nous agir ainsi à l'encontre de nos désirs et du simple bon sens ? L'enfer doit ressembler à cela. Qu'est-ce que nous nous sommes dit ensuite ? Je ne sais plus. Combien de temps sommes-nous restés dans cet état lamentable ?

27 octobre 1899

Comment peux-tu à la fois vouloir vivre avec moi, près de moi, et en même temps être incapable de divorcer ? Tu me répètes que je suis ton homme, que tu souhaites vivre avec moi, que tu en es empêchée par des histoires de famille. Ta mère ne pourrait pas prendre le coup. Elle en mourrait. Et la question est encore plus compliquée avec Townsend, il s'agirait de contrat de mariage et d'argent. « Pour ta mère qui se tue déjà à l'alcool et pour un peu d'argent, tu vas vivre le reste de tes jours cet enfer. Ce mensonge ! » Pour eux, tu choisis de ne pas avancer dans une relation qui pourrait s'avérer belle ? Ce que je t'en veux de raisonner comme une pioche. De ne pas laisser tomber ces vieux schèmes. Tu as décidé de sacrifier notre lien à des conditions externes plus impératives.

Que peuvent-elles bien être ces forces qui te poussent à agir de façon si contraire à tout bon sens ? Comment peux-tu même penser prendre cette voie ? Je le subis comme un affront à tout ce que nous avons été. Notre relation devient une vulgaire affaire. Une affaire de sexe. Une passion passagère. Une folie de jeunesse ou une erreur. Tu nous salis du même coup. Tu donnes raison à l'opinion externe, uniquement parce que tu n'as pas le courage de te tenir debout auprès de moi.

J'existe dans ton monde, à condition de rester caché. À quelle fantaisie est-ce que je réponds dans ton univers? Reproduire notre couple par un enfant le rendra public. Ce n'est pas ce que tu veux. Alors que moi, j'aspire à être reconnu publiquement. Je ne désire pas un enfant pour cette raison. Mais un et un font trois, c'est normal. Je me suis engagé dans une voie d'avenir. J'ai construit cette demeure dans l'espoir d'y résider avec toi. Un projet tangible, planifié, partagé. Tu le sais. Tu y as participé. La preuve? Tu étais là, chez toi, en ce soir du 25 octobre, comme presque tous les soirs depuis que je suis déménagé de votre hôtel. Tu la veux donc cette relation autant que moi.

Je te pose ces questions en rafale parce que je ne vois plus où j'en suis.

Une affirmation soudaine

29 octobre 1899

Quatre jours se sont écoulés. Soudainement, ce soir, une force m'a soulevé. Je t'ai saisie par les épaules, mise sur tes pieds et je t'ai dit: « C'est mon enfant que tu portes, cela se réglera entre nous deux. Un point, c'est tout. »

Je me sentais déterminé à agir. Chantage pour chantage, je n'allais pas laisser anonyme la naissance de mon enfant. Je n'en suis plus à un scandale près.

J'ai une liaison illicite, soit. On saura que j'ai un enfant de cette relation. Ma réaction t'a surprise. Pour la première fois entre nous, je choisissais une position directe et tranchée. Pour moi, ton mariage était fini depuis huit ans. Il ne restait qu'une formalité à remplir pour l'enterrement de ce vieux défunt. Je t'ai dit :

– Prends les dispositions qu'il faut, qu'on en finisse ! Moi, je vais entamer avec Jean-Pierre celles de notre mariage.

Voilà où nous en étions, chacun campé sur ses positions. Toi, avec ta rancœur, moi, rongé par le doute.

De retour à mon étude, je me répétais :

– Ce n'est pas ainsi qu'on établit une relation.

Je ne pouvais accepter que tu y arrives par désespoir, que tu t'y soumettes par dépit, parce qu'il n'y avait pas d'autre issue. J'y allais, mû par la force de la dernière chance.

Comme me disait ma mère à une autre époque : « Cela ne fait pas des petits très forts. » Mais tout n'était qu'effort dans ce Mattawa en friche. Notre relation ne se différenciait pas du reste. Tous les jours des gens se présentaient à l'hôpital, moins malades qu'épuisés, découragés, déprimés aussi. « Qu'est-ce vous ressentez, madame ? » « Je ne sais pas, quelque chose comme des brûlements à l'estomac ou un point, juste là. » Nous n'approchions jamais plus près de l'expression des sentiments. Nous ne savions tout simplement pas comment parler de ces dimensions de nous-mêmes.

Et ceux qui défendaient nos institutions naissantes ? Pas d'émotivité, juste de la colère : « Ça ne me fait rien, mais je suis en beau tabarnak de les voir nous gosser après comme ça ! » Je prenais leur pression artérielle juste à les voir ainsi se gonfler au point de provoquer une attaque d'apoplexie. Chantage, intimidation, dépit et rancœur, ce ne sont pas des mots utilisés dans nos conversations. S'accommoder ou s'affirmer. Soit l'un soit l'autre, sans nuance. Plier l'échine au point de ne plus se reconnaître comme individu ou ruer dans les brancards jusqu'à tout démolir.

Quel avenir entrevoir pour notre relation de couple dans ce contexte de démunis ?

La naissance de Maxence

L'automne nous a filé entre les doigts. Mes responsabilités à l'hôpital prenaient de l'ampleur. Ma carrière était en pleine expansion et je devais mettre les bouchées doubles. Je cumulais encore ma fonction de commissaire d'école, fonction devenue plus routinière, mais je ne pouvais jamais fermer l'œil. Oui, fermer l'œil, dormir une bonne nuit. J'en avais tellement besoin. J'avais les nerfs à fleur de peau.

J'avais rapidement conclu les démarches essentielles en ce qui concernait la possibilité de nous marier. Jean-Pierre était nerveux :

– Je ne peux quand même pas vous marier le lendemain de son divorce ! Ça vient, cette formalité ?

Je ne savais que lui répondre. Je n'osais te poser la question et je ne pouvais pas envoyer un ami t'interroger. Dans l'ordre normal des choses, j'aurais dû être informé. Jean-Pierre m'interrogeait sans relâche. Mes réponses évasives le laissaient songeur.

– Il y a peut-être matière pour un empêchement, je ne te pose pas ces questions pour la forme. Ça ne me semble pas normal.

Je le savais trop que ce n'était pas normal ! Je le vivais chaque jour dans mes tripes. Par moments, je trouvais Jean-Pierre trop insistant. Sa détermination à nous marier le plus vite possible ne cadrait pas avec ce que la religion lui avait enseigné. Sa nervosité aussi m'exaspérait, comme s'il s'était agi de sa vie à lui. Il me tournait autour comme une guêpe.

On se voyait peu à la maison à cause de nos engagements respectifs, mais aussi parce que tu dormais plus souvent à l'hôtel. Je m'inquiétais. J'avais peur que tu mettes à exécution ton plan de retourner avec Townsend ou, pire, que tu te fasses avorter. À l'hôpital, tu restais à ton bureau. Et j'avais peu de raisons de m'y rendre sans attirer l'attention. Nous nous sommes rejoints quelques fois à la chapelle. C'étaient de bons moments. Était-ce à cause du lieu ? Nous y trouvions une paix, nos regards leur tendresse, on arrivait à se sourire. J'en repartais avec une lueur d'espoir.

Au mois de novembre, tu es entrée en trombe dans la maison, en chantonnant. Tu t'es précipitée dans l'étude pour me montrer une enveloppe venant de Toronto. Le divorce était officiel. Ce soir-là, nous avons fêté. Pleine d'entrain, tu t'es mise à dessiner des plans pour notre avenir. J'étais si heureux de te retrouver. Pour la première fois, tu as reparlé du bébé.

Nous nous sommes mariés le 2 décembre, le jour précédant l'avent. Ce soir-là, tu es entrée chez toi légitimement et légalement. Maryse avait fait déménager tes effets durant la journée par quelques hommes forts.

Quel bel hiver, celui de ta grossesse ! Tu portais bien. Tu consacrais ton temps à la gestation, à la layette, mais aussi à te préparer mentalement. Tu étais absorbée, contemplative et sereine. Tu as commencé à te dandiner vers le mois d'avril, d'un long mouvement cadencé, très agréable à voir. Tout un spectacle pour moi à admirer ! Je me réjouissais de ton bien-être.

Par précaution, les religieuses t'avaient dispensée de travailler. « Les rues sont si glissantes. » Ce qu'elles ne disaient pas, c'est que ta grossesse était trop évidente. Tu ne le savais pas, mais tu étais entrée dans une tradition où une femme enceinte ne se montre pas en public. Elle ne va même pas à la messe, on lui apporte la communion à la maison. Raison de force majeure ! Et dans ton cas, mariée en décembre et déjà grosse en avril, non vraiment, c'était trop ! On t'avait offert un congé qui leur convenait tout autant qu'il t'était destiné.

Je garde toujours avec moi l'acte de naissance de Maxence Arnold De Caseneuve, né à Mattawa, le 24 juin 1900, fils de Jasmine Fiffe, née le 16 août 1870, et du Dr Sylvain De Caseneuve, né le 26 juin 1863. Un petit saint Jean-Baptiste que tu nous as mis au monde, sept livres et huit onces, en parfaite santé. C'est Chénard qui a assisté madame Beauchesne, la sage-femme, au cas où il y aurait des complications. Moi, j'ai attendu bêtement dans le corridor, comme tous ceux que j'avais tant de fois repoussés à la porte. Je pouvais suivre ton travail. Je t'entendais à travers la cloison. Nous n'en étions pas moins séparés l'un de l'autre. Nous avons manqué la plus belle occasion de vivre ensemble un événement unique. Je n'étais de toute évidence pas plus évolué que les futurs pères qui se sauvaient d'eux-mêmes. Quand je me rendais loin en forêt, dans une famille installée aux confins de notre territoire, à des lieux de l'hôpital, je devais avertir le père : « Reste là, pas loin, je peux avoir besoin de toi. » Autrement, ils partaient travailler au bois ou se cacher à l'écurie dès que j'arrivais. Depuis le début des temps que les hommes sont exclus des naissances. À d'autres points de vue, les rapports ont évolué. Je me demande pourquoi nous ne changerions pas là aussi.

Quand je suis entré dans notre grande chambre, tu tenais notre petit dans tes bras, il cherchait déjà à sucer. Je t'ai embrassée, tu avais l'air de revenir d'une longue course, mais tu étais radieuse. Nous sommes restés ensemble un bon moment. Je me suis rappelé que un et un font trois. J'ai dit tout haut : « Maxence », prénom que j'avais choisi à cause de Van der Meersch. Tu ne connaissais pas, mais c'était sans importance. Toi, tu as murmuré « Arnold », pour un ancêtre bien coté. Arnold ? Un nom assez près de Arnauld pour que je concède sans peine. J'étais conscient que Maxence allait devenir Max dans la cour de récréation, comme tous les Norm, Ben, Johnny, Pete, Andy, Greg, Bob et autres diminutifs si répandus dans nos communautés. Est-ce une façon de prendre le rang qu'on nous a accordé, cette manie du diminutif anglicisé ? Ou une façon de devancer les coups en courbant l'échine ? Il y a une certaine fierté, une résistance chez celui qui insiste qu'on l'appelle Alphonse et non Al.

Nous commencions notre famille. Une grande paix s'installait. Une semaine environ après la naissance de Maxence, la cuisinière a préparé un gigot d'agneau pour quelques amis que j'ai reçus dans la salle à manger. Je suis monté te porter une petite pièce juteuse, saignante, comme tu aimes tant. Pas de vin rouge, non, tu allaitais le bébé. J'ai laissé les camarades en bas se réjouir de notre bonheur alors que je goûtais le mien à tes côtés. Tu faisais boire le poupon pendant que nous parlions de tout et de rien. Un sens d'ordre s'installait dans nos vies, qui depuis n'a jamais été égalé.

Puis, soudain, la pièce s'est mise à bruire de la façon la plus curieuse et inhabituelle que j'aie jamais eu l'occasion de vivre. Tu t'étais tue, ou plutôt, non, tu fredonnais un air: «Fais dodo, Colas, mon petit frère!» Et le bébé grognait son ravissement en tétant goulûment. Entre deux bouts de chanson, tu roucoulais de plaisir. S'est installé alors un silence du passé, il n'y avait plus de guerres entre nous, plus de batailles pour défendre le français. Pendant un long moment, j'ai rêvé enroulé dans un épais manteau de chaleur et de paix. Une naissance peut bouleverser une vie. Serait-il possible que d'autres personnes vivent cela?

Je crois que nos habitants sont beaucoup plus près de cette extase, attentifs qu'ils sont au silence, en forêt, sur l'eau, à la maison. Entendre le silence à travers le crépitement d'un feu de bois, d'une bouilloire qui caquette, de la pendule qui égraine les minutes, des geignements d'un bébé naissant. Ce sont là les meilleurs remèdes pour soulager le muscle du cœur.

CINQ

Ce qui dure et perdure

À partir de 1909, les guerres scolaires se sont intensifiées. On me réclamait à ce moment-là à cause de mon expérience dans ces questions. J'ai été promu spécialiste d'une cause perdue. Un collègue à moi, le Dr. Merchant, faisait du zèle à Toronto, m'apprenait-on. Il aurait produit un rapport que personne encore n'avait vu. Mais nous nous attendions au pire. La panique s'était emparée de Toronto. L'idée farfelue que les Canadiens français allaient devenir majoritaires dans le Nouvel-Ontario se répandait comme une traînée de poudre. Même l'archevêque aurait émis un avis à ses prêtres irlandais que le fléau risquait de prendre des proportions incontrôlables si on n'intervenait pas dès maintenant. Le *New Ontario* allait devenir une autre province française, à l'égal de celle du Québec. J'ai été informé des actions de Merchant par Hurtubise et Béland à l'occasion d'une rencontre des collègues à Sudbury. Maxence entrait alors en troisième année. J'éprouvais au moins le sentiment de me battre pour lui. Nous cherchions de nouvelles stratégies pour endiguer l'assimilation et parer aux coups répétés, une fois pour toutes.

⁘

L'ACFEO

En 1910, nous nous sommes rendus à Ottawa pour participer à un congrès sur l'éducation des Canadiens français de l'Ontario. Mille deux cents délégués de partout en province ont fondé l'Association canadienne-française d'éducation de l'Ontario. Quelle réussite! Pour la première fois, je n'avais plus l'impression de travailler seul dans mon coin. Si, chacun de son côté, nous arrivions à contrôler (ou à peu près) ce qui se passait dans nos écoles au prix d'efforts surhumains, nous manquions le bateau de toute façon. Nous n'avions aucun contrôle sur la gouverne de l'éducation. Pourtant, les évaluations portaient sur ce qui appartenait à la gestion que nous n'assurions pas. Nos élèves obtenaient des résultats inférieurs. Ils ne parlaient pas anglais. Nos enseignantes paraissaient inférieures, surtout du fait qu'elles ne maîtrisaient pas l'anglais. Les enfants ne réussissaient pas aux examens, qu'ils devaient subir en anglais.

Contrôler les écoles, oui, mais sans gérer le système d'éducation, c'est comme tenir un boyau d'incendie qui n'est pas branché à une borne-fontaine. Cette image loufoque me vient d'un épisode que nous avons vécu au village.

Un jour, pareil à tant d'autres au printemps, quelqu'un avait voulu brûler les grandes herbes autour de sa maison sans prendre assez de précautions, sans tenir compte de la force du vent et de sa direction. Il avait perdu le contrôle de son entreprise. Jos Bouffard, un pompier volontaire, avait pris sur lui d'aider le pauvre citoyen dépassé par son geste imprudent. Il avait déroulé le boyau jusqu'à quelques verges du foyer principal. Mais il avait oublié de le brancher à la borne-fontaine, de sorte que le boyau était trop court de quelques dizaines de pieds. Il se tenait là devant le feu qui avançait sur lui, sans eau, la pipe au bec, à maugréer contre la vie. Il m'arrive de croire que je ressemblais à ce pauvre Jos dans mes engagements vis-à-vis de notre communauté.

L'école demeurait française, en bonne part, dans le quotidien. Mais les contradictions étaient trop nombreuses. Les élèves s'en rendaient compte et les parents aussi. Pour en finir avec ces tracasseries, plusieurs faisaient le saut et optaient pour l'école anglaise. Avec pour résultat l'anglicisation et une perte de nos effectifs scolaires. L'acrimonie s'installait alors ; familles divisées, voisins à couteaux tirés, ménages en rupture. La tension était constante.

Enfin ! croyions-nous, l'ACFEO allait nous sauver. Combien de congrès devrions-nous tenir avant de gagner notre cause ?

Le règlement 17

À Mattawa, nous nous en tirions mieux que d'autres. Nous pouvions assurer un enseignement un certain temps. Tant qu'on ne nous obligerait pas à nous départir des maîtresses de la septième et de la huitième années. La plupart des enseignantes avaient obtenu, de l'école modèle de l'Esturgeon, un certificat de deuxième ou troisième classe les autorisant à travailler en Ontario. À la limite, deux des huit enseignantes auraient à retourner au Québec si on appliquait le règlement qui excluait les diplômes québécois. Il y avait une campagne de dénigrement à l'égard des Canadiens français qui se poursuivait dans les journaux et au Parlement. Notre action par l'ACFEO avait porté les Anglais à prendre les grands moyens. Le 25 juin 1912, le ministère de l'Éducation promulguait ce qui serait désormais connu comme « l'infâme » règlement XVII, interdisant l'enseignement du français. Nous savions qu'à partir de ce moment-là, aucune des maîtresses ne serait capable d'enseigner en anglais uniquement. Après la deuxième année, l'anglais devenait la seule langue d'enseignement dans les écoles catholiques séparées et les écoles publiques. Dès son inscription à l'école, l'enfant était soumis à l'apprentissage de l'anglais. Il avait droit à une heure de français par jour seulement. À celle-là s'ajoutaient combien d'autres restrictions toutes plus inconcevables les unes que les autres.

Maxence avait fêté ses douze ans la veille. Il se préparait à entreprendre sa dernière année de primaire. Déjà, nous avions parlé, toi et moi, du choix d'un collège pour l'année suivante. Sujet de vives discordes entre nous.

4 juillet 1912

Le règlement XVII dépasse tout que nous avons subi jusqu'ici. Au cours des derniers jours, j'ai pris connaissance des limites qui nous sont imposées. Le moral est à son plus bas dans la paroisse. On redoute pour l'avenir de nos enfants. À vrai dire, nous craignons pour le nôtre en tant que communauté aussi.

Le harcèlement dont nous sommes victimes se manifeste à n'importe quel moment, pour n'importe quel motif. Tout y est prétexte. Ainsi, à la fête du *Dominion*, la semaine passée, un agent du ministère de la Guerre s'était invité à nous parler de fierté nationale, du devoir du citoyen, de notre beau grand pays. On ne savait pas alors que ce type de discours préparait le terrain pour la maudite guerre de 1914-1918. C'est en anglais qu'il s'est adressé à nous ! Le conseil municipal – quatre membres français et notre toujours fidèle MacFadden – venait de lui offrir à dîner. Il devait se douter qu'on n'avait pas élu des Canadiens français à une mairie en Ontario sans qu'il y ait dans la place une majorité française. C'était jour de fête, les esprits se sont vite échauffés. Les plus gaillards s'en sont pris à l'estrade sur laquelle il était monté. On a dû le reconduire à la gare, entouré des dignitaires qui se confondaient en excuses. Le moment n'était pas propice pour vanter ce beau grand pays quand, dans notre petite vallée, nous vivions comme des exilés. Trop, c'est trop. Je n'ai plus le loisir d'écrire dans mon journal. Je crains pour la tournure des événements.

L'éducation de Maxence au Québec

Un soir, nous avons discuté en long et en large de l'avenir de Maxence dans le contexte du règlement XVII. Nous avions évoqué la façon dont notre petite communauté percevait l'enjeu. Comme pour tous malheurs, les nôtres adoptaient l'habitude de les vivre avec soumission. Attendre que les événements se déroulent avant d'agir. Ne rien précipiter. Ils intervenaient avec ces misères sociales comme ils s'y prenaient pour les catastrophes naturelles. Que peut-on mijoter pour les prévenir quand on ne détient pas les moyens de les imaginer? Une inondation entraînait dans son sillage le moulin à scie à la rivière? On en construisait un autre, un peu plus haut cette fois-ci. Comme des fourmis ayant reçu un coup de pied dans leur monticule, ils ramassaient vaillamment les pièces et repartaient à neuf. Je t'avais fait part que cette attitude attentiste risquait de nous laisser mal en point en matière d'éducation.

On n'assure l'instruction d'un enfant qu'une seule fois. Il faut que ce soit la bonne. Celle de mon fils se trouvait en cause et je n'avais aucune envie de négliger quelque moyen que ce soit pour lui assurer la meilleure éducation possible. Je me sentais une vigueur nouvelle. Je n'allais pas démissionner au moment où je devais subvenir à l'éducation de mon propre enfant.

18 août 1912

Avant-hier, nous avons fêté tes quarante-deux ans. Nos esprits étaient ailleurs. De toute façon, ces célébrations te laissent indifférente. Nous n'avions qu'une idée en tête, l'éducation de notre fils. J'étais d'avis que si le gouvernement appliquait le règlement à la lettre dès septembre, il faudrait abolir les cours des septième et huitième années. Notre enseignante ne pouvait assumer une charge en anglais seulement. Elle serait démise de ses fonctions et on nous imposerait une Anglaise unilingue. Nous porterions l'odieux fardeau de la boycotter et, ainsi, de nuire aux progrès de nos propres enfants. Et elle ne serait pas nécessairement une bonne enseignante, les bonnes enseignantes anglaises se trouvant après tout dans les écoles anglaises. Pour nos enfants, pour notre enfant, c'était une année perdue en perspective. Les solutions de rechange? Nous avons évoqué l'idée d'assurer nous-mêmes les enseignements. Mais nos charges avaient doublé, tant pour toi à la gestion que pour moi qui devais superviser deux collègues et répondre à une clientèle grandissante. Et est-ce qu'on reconnaîtrait à Maxence un diplôme au Québec l'année prochaine? Ou lui demanderait-on de reprendre une année d'études? Toutes ces questions nous laissaient sans issue.

Une autre option s'offrait à nous. Que Maxence parte dès cette année pour le collège de Saint-Jérôme, où j'ai de la parenté qui s'occuperait de lui. Nous pourrions le visiter par train au début de novembre. L'idée t'a fait frémir. Tu ne pouvais pas comprendre que j'envisage cette voie « si peu humaine ». « Un enfant de douze ans! Deux mois sans le voir! » « Il retrouvera ma famille là-bas, qu'il verra les fins de semaine. » J'étais heureux qu'il ait la chance de les connaître. Nous vivions si isolés ici. « Et nous le serons moins de lui? Une idée de fou, vraiment », m'as-tu rétorqué. Nous étions tous deux d'accord, je crois. Ce n'était pas que l'on veuille se débarrasser de Maxence ou quoi que ce soit d'autre! Mais quelle autre option restait-il?

Et qu'un enfant de douze ans fréquente ses cousins, ses grands-parents, n'était-ce pas le plus normal du monde ? Tu ne les connaissais pas ni avais-tu montré la moindre envie de savoir qui ils étaient. Jamais l'idée ne t'avait effleurée de me demander d'où je venais, si j'avais des frères et sœurs, qui étaient mes parents.

Je t'ai regardée vers la fin de cet échange. Tu étais crispée. La mâchoire tendue, ton visage contenait les traces de quatorze ans de souffrance, de décisions prises contre ton gré, d'engagements dans des voies contraires à tes désirs. Je te voyais souffrir comme aux plus sombres heures avant que tu quittes définitivement ton mari et que tu t'engages dans notre mariage. Pourtant, vivre l'incertitude, aujourd'hui comme hier, me semblait pire. Ne pas savoir ce que nous pourrions offrir à Maxence me rongeait autant que ces longs intervalles de silence que nous traversions dans l'ambiguïté au début de notre liaison mal définie. Toi, tu avais préféré le mariage à trois, ou, à tout le moins, le double jeu qui accompagnait cette situation bancale, plutôt que de faire le saut et de t'engager dans notre relation à fond de train. Ce soir, je voyais la même femme torturée davantage par la décision que par la position intenable. Tu te retenais de vider un abcès. Mais à propos de quoi ? Je ne le saurai jamais.

Retour aux sources

Cette année a été déterminante. Septembre 1912, Maxence partait en train pour le collège. Nous avions réussi à le faire accompagner par une paroissienne, qui se rendait visiter sa famille à Saint-Jérôme. Tu avais tiré avantage d'un court mois pour préparer ses effets. J'en conviens, c'était peu quand on veut accomplir le mieux du monde. Tu y avais mis beaucoup d'attention et d'amour. Nous nous retrouvions à trois autour de sa malle le soir dans sa chambre. Tu lui expliquais ce qu'il devait faire pour conserver ses vêtements propres, reprisés, repassés. Et surtout, qu'il n'en perde aucun!

Nous parlions de Saint-Jérôme, du collège que je connaissais bien, de mon enfance au Québec. Maxence et toi, vous m'écoutiez. Si, certains soirs, je m'enthousiasmais trop, je sentais un reproche dans ton regard. Avais-je oublié que ce collège au Québec sonnait la fin de notre cellule familiale? Il me semblait qu'en évoquant mon passé je franchissais un interdit. Comme si aimer mes origines équivalait à renier mon présent. Je devinais ton chagrin, compréhensible au fur et à mesure que l'heure du départ approchait.

Maxence vivait l'événement dans l'insouciance propre à son caractère d'enfant débrouillard et fonceur. Il y voyait une aventure à tenter. Des expériences, des découvertes. Nous nous efforcions de lui dire que la séparation ne s'opérerait pas toujours dans la facilité, qu'il devrait affronter des épreuves. Mais nous essayions aussi de lui donner confiance, de lui laisser sa liberté afin qu'il puisse partir serein. Nous ne voulions pas lui imposer notre chagrin. Ce n'était pas chose aisée. Tu te montrais forte devant lui, légère même. Tu ne tombais pas dans une émotivité excessive qui l'aurait paralysé. Et pourtant, tu étais déchirée. J'aurais tellement aimé que tu puisses te tourner vers moi et partager ta misère. Mais non, tu as choisi autrement. Le mal s'incrustait, là; tu optais pour une voie de divergence. Je ne connaîtrais pas les secrets de ton âme. Côte à côte, pour une cause commune, dans la solitude la plus hermétique !

Il nous fallait aussi prodiguer à Maxence quelques conseils pratiques. Il ne nous resterait que les lettres comme contact ; les communications seraient longues à transmettre. Deux semaines, dans le meilleur des cas, pour la poste. Saint-Jérôme-Montréal-Ottawa-Mattawa, six jours sans compter les congés ; le même circuit en sens inverse pour la réponse. Nous devrons nous y habituer. Trouver les dates préférables pour le trajet postal. Si les correspondances s'alignaient bien, ce serait possible. Mais avant tout, s'assurer que cette tâche n'interfère pas avec les sports et les études !

En cas d'urgence, il y aurait le télégramme, que Maxence connaissait à la perfection. On ne voulait pas l'utiliser, mais il fallait y penser. L'année précédente, monsieur Major, le chef de gare, lui avait montré comment écrire en morse tellement il avait insisté. Par après, Maxence s'était rendu régulièrement à la gare décoder les textes, jusqu'à ce que Major lui refuse l'entrée pour des raisons de confidentialité. « Le p'tit véreux, il m'a chipé mon emploi en quelques jours, moi qui ai mis des années à comprendre le système. Il va aller loin celui-là. »

Ensuite, nous avons regardé le calendrier pour bien saisir cette longue période qui nous séparerait du départ jusqu'à Noël. Nous avons encerclé le 18 octobre parce que je serais à Montréal avec toi pour une rencontre de l'Association des médecins. Toi et Maxence pourriez passer trois jours dans la grande ville. Je vous retrouverais à chaque moment libre. J'avais réglé les détails avec le supérieur du collège, parce que ce n'étaient pas des permissions habituelles.

25 août 1912

Je reviens de la gare. Jasmine et moi avons accompagné Maxence pour le grand départ. Nous étions une heure en avance sur le train. Quelle longue et pénible attente ! Même au ralenti, l'engin émet un bruit de gargouillis, de sifflement, de vapeur. Les débardeurs se crient des consignes. Normalement, j'aime cette effervescence. Mais pas aujourd'hui. Jasmine s'était renfrognée dans son mutisme. Maxence se promenait sur le quai comme si le train était venu juste pour lui.

Major semblait comprendre la situation délicate. Pourtant, aucun secret n'existait au village. Tous les gens étaient au courant que notre fils partait cette année pour le collège, même si personne n'en parlait. Leur silence contenait un jugement, je l'aurais juré. Comme tout ce qui nous concernait appartenait à tout le monde, il se déroulait des conversations à notre insu, j'en étais sûr. « Les temps sont durs, docteur, vous envoyez votre fils étudier au Québec. » Autant dire : « Déserteur ! » Mais personne ne nous en parlait clairement. C'est comme cela que j'ai vécu ici. Toujours un peu à l'écart tout en étant au centre de la vie de tout le monde.

Major a saisi l'occasion pour parfaire l'éducation de Maxence.

– Je ne sais pas si tu as remarqué, mon jeune. Aujourd'hui, on étrenne la n° 498 G2. Elle sort toute neuve de *Montreal Locomotive Works*. Tu vois une différence ?

Maxence inspectait la locomotive, mais son esprit flottait ailleurs. Du coin de l'œil, il surveillait sa mère. Il m'a esquissé un sourire nerveux. Il nous guettait, il me semble.

– Écoute bien et regarde en même temps. Tu reconnais une 4-6-2 ?

– Oui, répondit Maxence, qui savait que compter les roues était une façon de décrire une locomotive : quatre petites en avant, six grosses au centre et deux traînantes à l'arrière.

Depuis l'âge de six ans qu'il s'intéressait aux locomotives, la question l'irritait un peu. Il me semblait qu'il prenait déjà cet air hautain du jeune collégien.

– Le modèle précédent, la 498 G1, avait des roues de soixante-quinze pouces de diamètre, ce qui lui permettait d'aller plus vite et d'avoir un meilleur tirage une fois démarrée. Les six grosses roues de celle-ci ne font que soixante-dix pouces au diamètre. À ton avis, quelles en sont les conséquences ?

Et Maxence de demander :

– L'engin est-il de force égale à la nº 1 ? Si c'est le cas, elle aura moins de traction au départ et les roues vont tourner sur elles-mêmes parce que l'engin appliquera la même force sur une plus petite surface.

– Mon petit véreux ! C'est justement ce que je voulais t'apprendre. Mais tu es toujours en avance. Il vaut mieux qu'ils te mettent en syntaxe ou en méthode au collège, sinon tu vas perdre ton temps. Ben oui, tout à l'heure, tu ne le verras pas du train, mais les roues vont « spinner » parce que le chauffeur ne maîtrise pas l'engin complètement encore. La locomotive va patiner sur place, « spinner ».

Et Maxence de conclure:

– J'avais compris.

– Bon ben là, moi, faut que je parte donner mes signaux, sinon tu partiras pas aujourd'hui. Passe une belle année au collège et reviens-nous plein de splendides histoires en tête.

La diversion n'était pas gratuite. Major et Maxence livrent dans leurs échanges plus d'information qu'on n'y voit à l'instant même. Il y a un avantage à traiter ses enfants comme de vraies personnes.

Le moment de la séparation a été très éprouvant pour tout le monde. Surtout pour Jasmine. Sur le chemin du retour, j'ai voulu lui prendre le bras. Elle a accéléré le pas et nous sommes rentrés à la maison en silence. Pas un regard n'a été échangé, c'était le mutisme total. Je me suis dit alors que je venais d'enfoncer le dernier clou dans le cercueil de notre couple. Pourtant, ce n'était pas moi qui avais assemblé le coffrage.

Je nous revois sur le quai. Il me vient à l'esprit que la vie est faite de survie et de célébration. Pour des raisons de survie linguistique, Maxence part étudier au collège de Saint-Jérôme. La survie nous force à prendre des décisions pratiques, à faire des efforts afin d'accepter la séparation. Le jour de son départ, je suis devant mon fils, je vois en lui une personne digne et disciplinée. Pleine d'amour et les émotions à fleur de peau aussi. Une personne dynamique et créatrice. Je réentends ses échanges avec Major et je retiens qu'il y a matière à célébrer dans la qualité de cet être.

Je célèbre cette séparation, même si elle est douloureuse, parce que Maxence entreprend un voyage à la recherche de sa richesse intérieure. C'est ce que je retiens de l'échange qui a eu lieu entre lui et Major. Depuis toujours, il me semble, Major voit en notre fils une personne entière.

25 août 1912
Dans mon cœur, je veux célébrer le potentiel de Maxence.

> *Un soir fait de rose et de bleu mystique,*
> *Nous échangerons un éclair unique,*
> *Comme un long sanglot, tout chargé d'adieux ;*
>
> *Et plus tard un Ange, entr'ouvrant les portes,*
> *Viendra ranimer, fidèle et joyeux,*
> *Les miroirs ternis et les flammes mortes.*
> *(Baudelaire, La mort des amants)*

Aujourd'hui, mes adieux s'adressent moins à mon fils qu'à notre couple. Aucun éclair ne viendra ranimer nos regards éteints.

La solitude à deux

Nous étions seuls à nouveau dans la demeure devenue trop grande depuis le départ de Maxence. Le soir, de mon étude, il me semblait l'entendre jouer avec ses quelques bons amis de l'école du village. Pourquoi n'était-il plus ici, lui ? On ne bâtit pas maison pour voir la famille éclater, parce que son fils unique, d'à peine douze ans, doit partir pour les études.

Le domicile était revenu à son état d'avant la naissance de Maxence. Un lieu de tension. Nous ne pouvions compter l'un sur l'autre pour nous épancher. Et nul ne disposait non plus du ressort nécessaire pour se consoler soi-même. Le temps s'était immobilisé sur un nœud de ressentiment. Je sentais le reproche chaque fois que je te regardais. J'en venais à éprouver du remords. Je me sentais coupable d'une action que j'avais prise tout en sachant qu'elle représentait la seule option. Les événements me donnaient raison. Les enseignantes françaises avaient été congédiées. Une Anglaise incompétente enseignait aux plus vieux et s'arrogeait le titre de directrice sans l'autorisation des commissaires. Elle transigeait directement avec l'inspecteur de North Bay. Les commissaires avaient été mis en tutelle. Un plus grand nombre d'élèves qu'auparavant abandonnaient les études.

J'aurais pu évoquer ces faits pour me donner bonne conscience. J'essayais de me raisonner. On peut être coupable quand une décision, un choix, ne conduit pas au bien-être de son entourage et de soi. Mais comment être coupable du seul choix possible? Mais surtout, de mon point de vue, j'y voyais des avantages que mon fils poursuive ses études dans ma province d'origine. Ce n'était pas une déchirure cette absence, aussi difficile qu'elle fût.

Tu entrais pour te coucher et tu repartais tôt le matin. Tu me demandais si nous avions reçu une lettre de Max. Ce moment constituait notre seul contact. J'essayais de poursuivre la conversation, mais tu semblais si lasse, si peu intéressée, j'abandonnais. Nous tombions dans l'oubli. Le couple n'existait plus sinon pour le travail de routine, que nous nous répartissions sans même nous parler.

Les samedis soir, nous recevions des amis, une initiative que je perpétuais afin de ne pas me retrouver seul devant un mur de mutisme. Maryse avait pris le service depuis notre mariage. Fine cuisinière, elle nous préparait toujours un bon repas à partager. Produits de la chasse à l'automne, perdrix, canard, chevreuil ou orignal, nous avions l'embarras du choix. Des poissons frais aussi, du jour pêchés. Et comme les fermiers me payaient souvent en espèces, nous ne manquions pas de porc, pintades, faisans, dindons. Maryse contrôlait les arrivages selon nos besoins pour ne rien gaspiller. Tu apportais souvent les denrées en trop aux pauvres du village.

Lors de ces soirées, assis, chacun à un bout de la longue table, nous tenions avec nos invités des conversations en parallèle, toi avec un petit groupe, moi avec d'autres. Nous n'échangions pas un seul regard de toute la rencontre. Je me suis demandé si tu en souffrais autant que moi. Pourquoi nous infligions-nous cette torture ? Il y avait toujours eu, semblait-il, quelque chose pour nous séparer, pour nous garder à distance.

22 janvier 1913

Ce soir, après le départ de nos convives, je t'ai priée de venir au salon continuer la veillée. Contre toute attente, tu as accepté. Je me suis préparé un cognac et je t'ai offert une gentiane. J'ai évoqué mon malaise devant les ruptures de contact. Je t'ai fait part que c'était devenu trop pénible, qu'il fallait que nous nous retrouvions. Tu as tout nié, tu as refusé de reconnaître quoi que ce soit.

– La vie est ainsi. Nous sommes là. Pourquoi ces questionnements ? Pourquoi toujours chercher cette intensité, ce cœur à cœur ? Non, je vis en paix. Un couple, ce n'est que cela. Tu as cinquante ans, j'en ai quarante-trois, nous avons un fils perdu quelque part au Québec. Et puis, tes discussions interminables sur le règlement XVII avec tes paumés d'amis commencent à m'ennuyer. Vous passez la soirée à manger de l'Anglais, forcément que cela m'irrite. Tu oublies peut-être qui je suis dans tout cela ! Notre enfant est hébergé dans un collège grâce à tes contacts. Dieu merci, il vit à l'abri des horreurs que lui feraient subir les Anglais. Alors, coupons court. Fini les questions scolaires en Ontario ! On n'en parle plus. Ton fils vit au Québec. C'est plutôt moi qui suis à plaindre. Je perds le mien à l'âge de douze ans. Mon seul lien avec ma culture à moi. Ne comprends-tu pas que je suis seule au monde ? Mon père est décédé, ma mère achève de s'user à l'alcool. J'éduque mon enfant en français, dans ta langue. Et il faudrait que je sois heureuse ?

Je t'ai écoutée et je me suis abstenu de répliquer. Tu parles de notre couple en utilisant le débat social qui alimente la vie à Mattawa. Nous ne serions à tes yeux qu'une extension nerveuse de ces discordes ? La position que tu tiens, est-ce désinvolture ou évitement ? Si notre situation dégénère à ce point parce que la vie l'a voulu ainsi, c'est qu'il n'y a pas de vie en nous. Aucune sève, aucune énergie mobilisatrice, aucune compassion contagieuse. Nous ne serions que des victimes ? J'ai l'impression que tu me mens, que ta sortie belliqueuse cache une autre colère, plus profonde.

Tu portes ce fardeau depuis le début de notre relation. Ce que tu me dis sur l'heure explique les derniers jours, les derniers mois. Mais avant le départ de Maxence, ce n'était pas mieux. Le mystère remonte à bien plus loin. Depuis le soir où tu m'as annoncé que tu étais enceinte qu'il y a tiraillement! Et plus loin encore, depuis le jour où je t'ai appris que je quittais les appartements de l'hôtel pour me construire cette maison, notre maison.

Chaque fois que j'ai pris une décision pour mener notre vie à partir de nos choix, en dépit des tracasseries externes, tu as fait état d'empêchements dont tu ne m'as jamais indiqué l'origine, la cause exacte. D'où tiens-tu cette acrimonie, le sais-tu même? Je dois constamment deviner, peser le pour et le contre, prévoir l'irruption, la flambée, les récriminations, préparer des scénarios de rechange, de sortie, d'évacuation. Non vraiment, je vois mal ta bonne volonté à réussir notre couple. Tu aurais prévu les effets indésirables du contact de nos deux cultures? Cela m'étonnerait. Du moins, tu ne les as jamais évoqués avant aujourd'hui. Nous aurions pu en discuter. D'ailleurs, ton intégration prouve le contraire. Bien sûr, le départ de Maxence se révèle difficile à vivre. Autant pour l'un que pour l'autre. Mais il faut chercher ailleurs la source de nos angoisses.

Nous n'avons jamais su composer avec l'adversité. Au contraire, elle devenait prétexte à diluer nos efforts. Une raison pour trouver malheur. Je ne comprends pas que l'on puisse en même temps tellement vouloir son bonheur et le torpiller. S'investir au plus profond de soi pour qu'il existe, mais ne pas le nourrir.

À la fin de cette soirée plus pénible qu'éclairante, je t'ai signalé que, pour quelqu'un qui avait commencé par nier l'existence d'un problème, tu avais plutôt mis sur la table un sac rempli de récriminations. Je t'ai avoué que mon cœur me disait ne pas en connaître l'origine et que je m'attristais que nous soyons venus ensemble pour en aboutir là.

– Si ce n'est pas le mensonge qui te retient, arrêtons de nous dérober. Un mystère persiste dont tu es seule à détenir l'explication. Laisse tomber le voile et le doute disparaîtra !

SIX

Le départ

Ces derniers mois, quand je ne prépare pas mon départ, je me réfugie dans la révision de mon journal et l'écriture de cette chronique de ma vie. Je croyais pouvoir y trouver un refuge, une réponse, une nouvelle façon d'aborder ce qui nous est arrivé. Je me sens plus fatigué que jamais, rongé par l'impression tenace que ma vie est un gâchis. Oui, un gâchis comme cette masse gélatineuse délayée dans le bac à détremper le plâtre qui deviendra le futur mortier. Dans ma vie, il n'y aura pas de mortier. Rien ne sera joint parce que seule la séparation s'ouvre à l'horizon qu'il me reste.

Je n'ai pas encore décidé si je déposerai ce recueil de notes sur ta table à mon départ. Pour quoi faire ? À quoi bon ? J'aurais l'air plus poltron que je ne le suis vraiment. Je m'y astreindrais dans l'espoir que tu te persuades de me confier ton point de vue ? Pourquoi la lecture de ces lignes t'inciterait-elle à t'épancher ? Je ne sais pas. Toute séparation marque le passage définitif de quelque chose. Le mieux, c'est de le reconnaître et de l'assumer. Et si je ne te laisse pas ces notes, du moins j'aurai rédigé mes mémoires.

Pour ce qui est des luttes scolaires, je ne verrai pas la fin de l'histoire. Ce ne sera plus ma bataille. J'ai fait mes choix.

19 octobre 1918, Mattawa

Hier, nous avons fini de charger la remorque du gros Chicago Continental des biens que j'apporte à Saint-Jovite. Il y a à peine quatre mois, nous avons décidé de mettre fin à notre relation. Depuis, je vis dans un aquarium. Mes yeux s'embrouillent par des larmes que je ne contrôle pas. Alors que toi, tu restes de marbre. Statue impassible, tu passes, sans état d'âme apparent, d'une pièce à l'autre, d'un mouvement à l'autre. Toujours aussi énigmatique.

J'ai assemblé ces mémoires au cours de la dernière année. La plus brutale de toutes. Ces notes m'auront servi de phare dans la tempête. J'y ai trouvé mon refuge contre l'insanité. Me raconter pour me comprendre. À relire certains passages, j'arrive à la conclusion qu'il n'y a rien à saisir. La vie n'a de sens qu'en tant que sentiments. Certains sont vécus avec intensité. Quelquefois, ils se font entraîner par une volonté externe qui fait plier l'échine sur son passage comme le vent tord les pins sur le sien. Mais il faut toujours croire à son intuition. Elle ne ment pas. Seuls les humains se mentent à eux-mêmes et aux autres. Quels mensonges ai-je pu me faire croire pour maintenir cette vie si longtemps ? Vingt-neuf ans de ma vie m'échappent. Nous nous sommes connus pendant vingt-neuf ans. Pendant vingt-sept de ces années, une attache ou un attachement nous unissait souvent. Joug et lien à la fois. Et pourtant, aujourd'hui, je sors d'un mauvais rêve. Je ne garde qu'un sentiment de grand vide au fond de moi.

Ce matin, nous avons quitté le village avant le lever du soleil. Moins d'une demi-heure plus tard, Hector, le conducteur, m'a dit que l'on devait s'arrêter. Un pneu qui chauffe, ou un frein ? On ne peut prendre de risque dans ces collines. Nous nous sommes immobilisés à un point culminant et nous dominons Mattawa dans sa vallée. J'en profite pour prendre mon journal, le relire, y noter quelques dernières impressions.

Nous sommes à la fourche dite Papineau-Corriveau. Quelle vue époustouflante ! Vers l'ouest, en bas, j'aperçois les deux rives de la rivière des Outaouais, qui bifurque vers le nord en direction du lac Témiscamingue, sa source. À gauche, le village de Mattawa étalé à flanc de colline. En ce début d'une nouvelle journée, de la fumée sort de chaque cheminée. Je sens dans mon dos la chaleur du soleil qui ne rejoint pas encore la vallée. Les rayons frappent la montagne en face, alors que le village baigne encore dans la pénombre de l'aube. Je peux imaginer dans ce demi-obscur l'intérieur de chaque maisonnée. Qui se lève, qui fait à déjeuner ; je connais chacune d'elles. J'ai assisté à l'accouchement de tous ceux, sans exception, qui ont moins de vingt-neuf ans. Les enfants de la seconde génération entrent en quatrième année maintenant. Miss Overfield leur fera les classes ce matin. Les élèves se moquent de son fessier imposant. « Par-dessus le marché (*Over the market*), elle a le champ arrière qui dépasse (*overfield*) », disent-ils. Comme tous les enfants du monde, ils bouffonnent. Ils le font à cheval sur deux langues dont ils ne maîtrisent ni l'une ni l'autre. L'humour meurt en dernier, juste avant le dépit. Je les connais tous. En bas, c'était mon univers.

Soudain, dans le dédale de ces réflexions et souvenances, mon regard s'arrête machinalement sur notre maison. À la vitesse de l'éclair ont défilé devant moi les images de notre vie ensemble. J'ai senti une douleur aussi violente qu'instantanée. Elle m'a écrasé par terre. La sueur au front, j'ai pleuré sans laisser couler de larmes, des gémissements étouffés sortaient malgré moi de ma gorge. J'avais un goût métallique sur la langue. Je suis resté là, courbé, une main sur le genou, l'autre à m'éponger le front. « Quelle torture avant de partir ! » me suis-je dit. Pourquoi me fallait-il m'éloigner du camion ?

« Hé, doc, ce n'est pas la peine de faire une prière parce que vous quittez Mattawa ! Ça, c'était correct du temps de Champlain, un genou en terre ! » Hector me rappelle à la réalité. Nous pouvons repartir, les freins sont nettoyés. J'ai fourni un effort surhumain pour me relever en dépit d'un poids énorme à l'estomac, une sensation de vertige, d'engourdissement et de fourmillement dans les bras. Pendant un moment, je ne savais pas si je pouvais me rendre au camion sans défaillir. Dans ma sacoche se trouve une bouteille de trinitrine. Il m'est venu à l'esprit qu'il serait sage d'en informer Hector.

SEPT

L'escale

Hull, le 22 octobre 1918

Hier, sur le tard, nous sommes entrés dans Ottawa. Le soleil tombait derrière nous. En contrebas, la ville était plongée dans la pénombre, à l'exception de la colline du Parlement, qui surplombe à l'horizon.

Hector sifflotait sa sempiternelle petite «*tune*» plate. Trois jours dans la cabine d'un camion, ça use les nerfs. Nous avons perdu plus d'une demi-journée à Arnprior, à faire réparer le radiateur du Chicago Continental, qui avait sauté. Pendant six heures, il avait crachoté à tout instant, nous obligeant à nous arrêter pour laisser la vapeur s'échapper et remplir le réservoir avec l'eau des fossés. Hector, un homme prévoyant, s'arrêtait toujours à portée de main d'une nappe d'eau. Il avait apporté un seau exprès. «Il est pire qu'un cheval, ce Continental!» qu'il me lançait avant de se diriger vers la mare d'eau.

Arnprior est située en plein cœur du pays écossais des McNab et McLachlin, ceux-là mêmes qui nous avaient donné tant de fil à retordre lors de l'incorporation de Mattawa. Heureusement qu'il y avait plusieurs bons ferblantiers dans ce village. Et que la rivière Madawaska est belle!

À l'intérieur du camion, mon radiateur à moi s'échauffait aussi. J'avais hâte d'arriver. En même temps, j'avais beaucoup d'estime pour Hector, dont je louais la patience. Après tout, il me rendait un service que nul autre n'aurait consenti. Quand je le lui ai rappelé, il m'a dit: «De toute façon, je voulais revoir ma vielle mère, pis j'avais un voyage à rapporter à Mattawa.» Un voyage? «Oui, un voyage de fumier d'Ottawa!» Et il jubilait de son bon mot, heureux d'avoir réussi à me jouer un tour tout en évitant de reconnaître mes remerciements.

Les deux faces d'Ottawa

La bonne humeur régnait dans le camion. La fin d'une expédition risquée nous rendait plus légers. L'idée de retrouver des amis m'enchantait. L'excitation à l'approche d'une grande ville nous portait à rire de tout et de rien. Hector se promettait quelques frivolités dans quelques heures, frivolités qui paraissaient plus effervescentes dans son esprit fatigué que ce que la réalité lui réserverait. Au Château Lafayette, près du marché By, il dégusterait une bonne assiette et quelques verres de bière.

En arrivant sur la rue Carling, je n'en finissais pas de commenter le paysage. Au loin, le centre-ville et le Parlement. Partout, des industries fonctionnant à plein régime: confection d'habits pour les soldats, transformation de produits alimentaires, biscuiteries, assemblage d'engins de toutes sortes. On pouvait suivre le mouvement que la guerre imprimait à la vie d'Ottawa. Certains en profitaient. Il était coutumier d'entendre des gens affirmer combien notre économie devait à la guerre : « C'est bon une guerre, ça fait marcher le commerce. » Tout était dit.

Combien de temps durerait-elle ? Chacun y allait de son commentaire. Depuis la bataille de la Marne en juillet, on parlait d'un tournant décisif. Les journaux avaient longuement épilogué sur les différends entre Haig et Pétain. Pour faire diversion ? Ou était-ce véritablement une lutte de pouvoir entre Anglais et Français, qui se jouerait au détriment de la paix ? Puis, le 8 août en Picardie, Britanniques, Australiens, Canadiens et Français avaient enfoncé les lignes allemandes. Il y avait à peine un mois, le 30 septembre, les Bulgares avaient demandé l'armistice.

Décidément, quelque chose se tramait. Mais quoi ? Le jeune journaliste Fulgence Charpentier, ami de la famille chez qui je suis descendu passer la nuit, me commente les derniers événements. Personne n'est mieux placé que lui pour saisir les enjeux. Il m'a demandé ce que je pensais de cette épidémie de grippe espagnole qui sévit aux casernes de Saint-Jean-sur-Richelieu. Les autorités estiment déjà que des millions de personnes mourront si on n'arrive pas à l'isoler. Mais comment l'arrêter ? On détient si peu de connaissances sur son origine et sa transmission. Ainsi, on l'appelle « espagnole » du simple fait que c'est le seul parmi les pays d'Europe en guerre dont les nouvelles nous parviennent ; pourtant, il semblerait qu'il y a autant, sinon plus de cas, dans les autres pays.

On a beau dire, la guerre apporte son lot de déboires. Outre les nombreux morts au front, il y a aussi la misère dans laquelle vivent des millions de personnes, misère accentuée par les échanges de biens insalubres et le manque général d'hygiène dans les pays en guerre. Tout cela se répercutera chez nous.

En moins de 24 heures, j'ai l'impression d'apprendre plus de nouvelles du monde que pendant mes vingt-neuf ans à Mattawa. Ce n'est pas tant la somme de nouvelles que leur immédiateté qui me frappe. Je sens en moi un changement s'opérer. Mon esprit s'ouvre à des préoccupations plus larges. J'ai le sentiment d'appartenir à une nouvelle réalité. Un goût neuf se forme en moi : vivre pleinement. Est-ce une illusion ? Peu importe, vivre.

En sortant dans la clairière hier, alors que nous atteignions la vallée de l'Outaouais, une chape de plomb a glissé de mes épaules. Cela explique peut-être la gaieté dans le camion ? Délivrance.

À Mattawa, j'étais doublement isolé. En raison de la distance et de l'arrivée épisodique des nouvelles. J'avais l'impression d'être comme ces petits chevaux islandais rapetissés par mille ans de croisements ! Si je conservais une vague idée de tout, il m'était impossible d'en saisir les détails. Mon attention se résumait aux activités quotidiennes très immédiates. Quelques membres de notre communauté s'étaient enrôlés, bien sûr. Des marginaux, des sans-emploi, sans famille. Personne ne les manquerait vraiment.

Parmi ceux-là, un certain Camille Bringer, originaire de Belgique, était retourné défendre sa patrie. Ce célibataire endurci vivant aux confins de la communauté était également un anticlérical déclaré, qui renâclait contre tous les régimes, me souvient-il. On disait de lui que sous son nom à assonance française se cachait un Juif. Chez les nôtres, le soupçon porté à tout étranger s'adressait à ce fait avant de constituer un racisme particulier. Tous les exclus quelque peu basanés étaient déclarés Juifs. L'inconnu fait peur. L'ignorance l'entretient. Il faudrait comprendre pourquoi il y a méfiance avant de saisir à qui elle s'adresse.

D'un seul coup, à Ottawa, je me sens bombardé d'informations par des géants tellement je trouve envahissantes ces histoires du Vieux Monde. Ottawa est un autre monde. Une société de géants.

J'ai profité de la journée pour visiter la capitale. Je suis entré chez Paquette m'acheter de nouveaux vêtements. Monsieur Paquette s'est fait discret, mais j'ai vite compris à quel point mes vêtements étaient démodés. Je suis ensuite passé chez Letellier me procurer des souliers. Quel plaisir de renouer avec ces mondanités de la vie citadine! Partout en ville, on voyait des boutiques raffinées dans lesquelles on pouvait dépenser une fortune. Mais qui pouvait se le permettre? Je me le demande. Le salaire de la plupart des travailleurs était insuffisant pour ce luxe. Tout comme celui des fonctionnaires, à ce qu'on me dit.

Je suis allé dîner avec Michel-Delphis Brochu, un collègue fondateur de l'Association des médecins de langue française du Canada. Il était de passage à Ottawa à cause de l'épidémie. C'est lui qui m'a appris que l'écrivain Jules Fournier était décédé le printemps dernier. Je ne le savais pas, l'annonce ne m'étant pas parvenue dans mon lointain patelin. J'en suis resté atterré. Ce que j'aimais ses écrits! « C'est un bel encrier tout flambant neuf, rempli jusqu'au bord de bonne encre fraîche et claire. Oh ! le merveilleux liquide ! Comme il fera d'agréables éclaboussures sur de certains visages ! » (1910)

Je m'en souviens encore. Il était devenu la terreur d'Ottawa après avoir été banni de Québec par Lomer Gouin en 1912 en raison de son pamphlet « Le premier ministre des "contracteurs" ». Courriériste talentueux, il maniait l'ironie comme personne d'autre au Canada. Une langue voltairienne de chez nous, sans ménagement, d'une franchise impitoyable, même dans ses excès. M.-D. me dit qu'il travaillait comme traducteur au Sénat ces dernières années. « Sans doute, la médiocrité de son entourage l'aura emporté ! » conclut-il.

Il faut bien gagner sa vie, mais les nôtres dans cette ville vivent au service de l'autre langue. Comment Fournier pouvait-il dans cette fonction réaliser « d'agréables éclaboussures sur de certains visages » ? Lui qui avait si clairement dénoncé les petits politiciens du Québec, qui s'imaginaient recevoir des faveurs pour leur province alors qu'on les achetait tout simplement. Il ne tolérait pas la médiocrité, ni du mauvais parler ni de la petite politicaillerie. Quelle intensité ! En si peu d'années, avoir produit autant d'écrits et avoir fondé une revue, *L'Action*, disparue aussi, hélas, il y a deux ans.

Il aurait fallu des dizaines de Jules Fournier à Ottawa pour bloquer l'emprise toujours plus grande du fédéral sur le Québec. Cela ne se produira pas. Il y a trop d'intérêts personnels en jeu. Durer deux mandats à Ottawa en échange d'une bonne pension, voilà la cause principale défendue par plusieurs élus d'arrière-ban venus du fond des campagnes. J'entends Jules Fournier s'emporter. Et le petit peuple ne réagit pas !

Bloquer ? Unique pouvoir d'un peuple s'activant à côté de sa vie. Les Canadiens français ne sont que d'épais complexés. Tellement satisfaits d'eux-mêmes, ils ne déploient d'autre énergie que pour épier. Surveiller ses intérêts, en finances, n'est-ce pas les regarder fondre ? Ne vois-tu pas que ton pays fond comme neige au printemps, maudit épais ? Quelle perte, ce Fournier !

Tant que j'ai été entouré de mes amis hier, j'ai été emballé par cette ville. Mais en après-midi, alors que seul je me promenais en son cœur, partout, je n'entendais plus que l'anglais. Les affiches me vantaient les mérites de s'enrôler à la défense du pays ou en appui à la *Great Britain*. Moi qui croyais que la guerre se déroulait en France ! Sur la rue Sparks, j'ai compris que je me trouvais au centre d'une colonie du *Commonwealth*. Tout ce que j'avais vécu de français depuis mon arrivée n'était que paroissial, familial, de la basse-ville.

Arrive en ville ! Je venais de repérer les deux faces d'Ottawa, de sentir ses deux pouls, d'entendre ses deux voix. Je remarquais ici en parallèle deux solitudes, chacune allant son chemin selon des règles implicites, mais non moins claires. Un rapport de pouvoir assurait une distribution de rôles très inégale. J'avais vécu en minuscule à Mattawa ce qui se vivait à l'échelle du pays à Ottawa. Nains ou géants ? Souris ou éléphant ? Mattawa ou Ottawa ? L'école française en Ontario ou les Canadiens français au Parlement ? Peu importe. On peut être second dans une grande ville ou premier dans un petit village. Il semble que les Canadiens français vivaient toujours en seconds, peu importe où se jouait la pièce.

Le silence entretenu autour de la conscription me laissait perplexe. Ceux auprès de qui j'avais soulevé le sujet m'avaient répondu par des regards gênés, des évitements. Ici, à Ottawa, l'amnésie semblait régner au sujet de ce qui s'était passé à Québec ce printemps. Comment était-ce possible ? Personne ne se rappelait la prise d'assaut du poste de police de la Place Jacques-Cartier à la suite de l'arrestation, le 28 mars, du jeune Joseph Mercier. Personne ne se rappelait que les citoyens de Québec avaient incendié le lendemain l'auditorium où étaient conservés les dossiers des conscrits. Ils étaient des milliers à manifester les jours suivants malgré les tentatives du maire de les en dissuader. Personne ne semblait savoir que de la capitale du Canada, par son premier ministre Borden, était venu l'ordre d'envoyer à Québec des soldats de l'Ontario et de la Nouvelle-Écosse pour mater les récalcitrants et assurer que la conscription se perpétue. Et surtout, personne ne semblait savoir que, le 1er avril, les soldats, en voulant disperser en anglais une foule qui résistait, avaient abattu quatre personnes et en avaient blessé soixante-dix autres.

Tous ces détails que j'avais entendus de Fulgence et Michel Delphis depuis mon arrivée me fascinaient. Comment expliquer le manque d'information chez les autres, ou serait-ce que personne ne respirait d'aise ici à Ottawa à commenter ces conjonctures néfastes ? Même moi, à Mattawa, bien qu'en retard j'en conviens, j'avais appris par *La Patrie* comment les esprits s'étaient échauffés autour de la conscription.

C'est devant ces grandes questions qu'apparaissaient, me semblait-il, les différences fondamentales entre Canadiens et Anglais. Un événement semblable pouvait recevoir une lecture diamétralement opposée. Il y aura toujours des Lessard, militaires de service, pour rabrouer des Lavigueur, serviteurs du peuple.

Michel Delphis était doué pour résumer l'essentiel : conscription, place des Canadiens français. Ce midi, il m'avait partagé une anecdote cocasse montrant comment le sujet de la conscription avait dégénéré en une question nationale.

– Ce fut presque une boutade, à l'Assemblée nationale, lorsque le député J.-N. Francœur a offert une sortie honorable du conflit en suggérant une motion selon laquelle on voterait le retrait du Québec de la Constitution si, dans les autres provinces, on estimait que le Québec représentait un obstacle à l'union et au progrès du Canada.

Il semblerait que l'idée avait fait jaser un certain temps avant d'être perçue comme une bouffonnerie visant à détendre les nerfs.

– Je considère symptomatique que nous trouvions drôle ce qui pourrait renvoyer à un concept sérieux ou digne d'attention, lui fis-je remarquer.

– Mais voilà ! Notre chancelant premier ministre Gouin a fait retirer la proposition, calculant que « La Confédération est encore le meilleur mode de gouvernement que notre pays puisse adopter ». Il méritera assurément de devenir un grand serviteur de la royauté ! En dépit des règles édictées de haut, les peuples se forgent au quotidien des habitudes d'autant plus tenaces qu'elles émanent d'une volonté implicite. Il faudra voir où cela nous mènera, avait-il conclu.

⁘

Nous sommes allés coucher chez mon oncle, Pit Legendre, à Hull. Il y a longtemps que je ne les ai pas vus. Traverser le pont Alexandra constitue un rite de passage en soi. À mi-chemin, Hector s'exclame : « Rien qu'à voir, on voit bien. » Ottawa et Hull, ce sont deux mondes. Nous avons effectué la fin du trajet en silence ; celui du recueillement, de l'appréhension, du questionnement aussi.

Les petites maisons, la fumée des manufactures, la vapeur des scieries, les commerces aux étals à moitié vides. On sentait la pauvreté des habitants. Le houblon de la brasserie du ruisseau, l'écorce des billots épluchés au moulin, le soufre de la fabrique d'allumettes. Ah ! la levure du pain de la boulangerie d'Alain aussi. Il y a une vie ici. Lentement, je prends conscience qu'une autre sensation s'empare de moi.

La vue depuis le pont ne montrait qu'un aspect de la réalité. Il faut la pénétrer pour recevoir son essence par les autres sens. Le sentiment a surgi par lui-même de l'intérieur. C'est lui qui me mène. On ne suppute pas une culture. Un genre de croisement de regards qui fait dire à deux personnes qu'elles se reconnaissent, c'est ce que je sens en revisitant le premier Hull de ma jeunesse. L'impression de me retrouver devant quelque chose comme une réalité singulière, autonome, harmonieuse et stable émerge lentement. J'essaie de distinguer la part de projection que j'y mets comme individu revenant dans son pays. Cette longue absence me rend tout si étranger. Et étranger, je le suis tout autant.

Je tente de toutes mes forces de rester avec ce sentiment. Voir en étranger ce qui se présente à mes yeux pour le sentir distinct de moi. Il semblerait que la mémoire favorise toujours ce qui nous plaît. On se souvient de ce qui nous convient le plus. En serait-il de même des émotions ? Je choisirais un sentiment de fanatisme ou de haine pour certains sujets de prédilection ? Cette installation dans nos esprits n'expliquerait-elle pas les règles du jeu entre les « nous » et les « eux » ? Peut-être dois-je me méfier de mon analyse aussi ? Il est certain que la vie prend forme d'une autre manière chez mon oncle Pit. J'y ai mieux compris le parti pris en faveur de la vie française au Québec.

Visite de la parenté

Ce n'est pas facile chez Pit ! Il a la langue déliée et bien arrosée à la bière. On parle de tout et de rien. Il n'est jamais fait mention de toi, comme si tout le monde savait où j'en étais. Affaire classée ! Où est-ce une forme de respect ? L'excitation du voyage me rend la séparation plus aisée. Ce serait le dernier sujet que j'aurais envie d'aborder en ce moment. Bien sûr, l'économie, la guerre prennent le dessus. Malgré qu'une inquiétude plus récente nous menace, celle de la grippe espagnole. Et Pit d'y aller de son cru :

– On nous a reproché pendant des années de parler anglais comme des vaches espagnoles, pis là, c'est une grippe espagnole qui va nous emporter ! Y a pas de maudite justice ! Le curé l'a dit en chaire dimanche :

l'archevêque de Montréal a annoncé à ses prêtres que les paroissiens ne sont plus tenus d'assister à la messe. C'est tellement dangereux, la grippe espagnole, qu'on risque de l'attraper juste à se parler comme on fait en ce moment. Il paraît qu'on devrait porter un masque, comme si de se déguiser en voleur éloignerait cette bestiole.

Il a vu à mon regard que j'accordais beaucoup d'attention à ses propos. En effet, ses commentaires me préoccupaient au plus haut point. Puis il a lancé, sur un ton plus léger, comme pour me rassurer :

– Dis donc, mon neveu le docteur, c'est la médecine ou l'archevêque qui va nous sauver ?

Ma tante Pearl s'est trouvée toute gênée par son langage. Comment pouvait-il du même souffle ridiculiser la religion et la médecine ? Dans son gros accent de Franco-Américaine, elle lui a dit :

– Pit, faut toujours que tu exagères trop !

Ce qui nous a fait rire. Je n'ai pu cependant me retenir de leur suggérer de prendre des précautions : se laver les mains, réduire leurs sorties, manger le plus frais possible. Pit d'enchaîner aussitôt :

– Tu nous prends pour des maudits cochons ? Tu veux qu'on devienne cloîtrés, pis tu penses qu'on est assez riches pour se payer des fruits et des légumes ! Sache qu'on a notre fierté. On mange plus de bines et de porc salé qu'on devrait, mais la maison est propre et on y invite du bon monde. On a fait une exception. On t'a laissé entrer.

✣

Tout ce courroux ne visait pas tant à argumenter qu'à effrayer le sort. Je le connais à fond, mon Pit, la larme à l'œil à la première occasion. C'est un grand sensible. Pour montrer qu'il ne se laisserait pas démonter aussi aisément, il nous a annoncé qu'il avait invité Élie Scott et Appolinaire Lanctot à souper.

Élie et moi avions fréquenté le même collège dans notre enfance. Nous nous étions perdus de vue depuis des années. Il avait suivi les traces de son père, qui travaillait à la transformation du bois. Il m'a appris que celui-ci était décédé en mai. Élie descend d'une lignée particulière. Était-elle française ou écossaise? On avait l'habitude de sauter la clôture, chez les Scott. Comme s'il craignait qu'on lui reproche de n'être pas assez français, il répétait la même rengaine à la première occasion: «Vous savez, j'ai un aïeul qui était Patriote avec Wolfred Nelson à Saint-Denis.» Sa mère était française. Lui-même avait marié une bonne Canadienne française dont les origines étaient aussi très compliquées: Lanctot, Lacoste, Languedoc? Tous ces changements de noms en moins de trois générations. À se demander pourquoi.

Nous avons passé une agréable soirée. Élie est un mordu de théâtre. Il m'a signalé combien l'art dramatique est florissant à Hull. Les Wilfrid Sanche, Zéphir Laflèche, Joseph Riel, entre autres, ont tenu des rôles importants dans les salles paroissiales. Il a même prophétisé qu'un jour viendra où il y aura des écrivains dans la région de l'Outaouais. De fil en aiguille, nous en sommes arrivés à parler des journaux, dont la production est tout aussi prolifique. Il m'en a nommé une bonne dizaine qui ont vu le jour ces dernières années: *Le Réveil* de Hull, *L'avenir* de Hull, *L'Outaouais-Hull*, *Le Courrier de Hull*. Que peuvent-ils tant raconter? Comment se distinguent-ils les uns des autres? Selon Élie, il y a de tout: certains servent de plateforme aux élus à la mairie; d'autres tentent d'obtenir une adhésion locale et régionale de façon à contrecarrer l'influence d'Ottawa et des Anglais dans le pays. Comme ces faits me sont étrangers!

À bâtons rompus, Élie m'a livré sa vision de la destinée de la région. C'est un secret de polichinelle que la mairie est corrompue. Mais, à la longue, les dirigeants se sont rendu compte qu'ils perdaient le contrôle dans leur alliance avec la pègre. Le 4 mai, on avait voté une loi interdisant la vente d'alcool, tout comme l'Ontario l'avait fait il y a un certain temps déjà. La promulgation de la loi ontarienne avait fait en sorte que tous les bars et tavernes de la région se trouvent à Hull. Au départ, les élus s'étaient félicités de l'achalandage de tous ces Ontariens dans leurs établissements. Surtout que certains débits appartenaient à des politiciens, qui partageaient leurs bénéfices avec les Capone de ce monde. De belles affaires! Profits personnels et rondelettes taxes pour la municipalité.

Rapidement, Hull était devenu un petit Chicago, avec tout ce que ça comporte de marché noir, d'extorsion, de pots-de-vin, de prostitution. La vie publique de Hull s'était beaucoup dégradée. Comme chacun le sait, puisqu'il faut se faire réélire, on passe le balai.

À côté de ce Hull public, il y a celui de chacun dans les paroisses, dans sa chaumière. Élie m'a parlé du vrai Hull, celui qu'il aime. En 1912, les sœurs de la Providence avaient fait construire l'hôpital du Sacré-Cœur. Il y a deux ans, on avait vu apparaître la Caisse populaire Notre-Dame-de-Hull, véritable accomplissement de solidarité. Combien d'heures avaient été mises à propager par l'éducation populaire les valeurs d'une prise en charge économique ! Les Pilon, Tassé, Lamonde, Pelletier et combien d'autres, avaient mis l'épaule à la roue pour construire ce petit pouvoir local. Depuis, on sentait une visée vers l'épargne et la bonne gestion de ses biens.

– Quand on pense, m'a dit Élie, que Hull a d'abord été une concession de la couronne britannique à un loyaliste américain, Philemon Wright ! Tu as probablement vu la maison Charron en descendant le pont sur ta droite dans le grand terrain vague ? Aujourd'hui, elle est habitée par la Ottawa Transportation Co., juste pour nous rappeler qui nous sommes. Je m'explique toujours mal que cette maison en pierre bâtie en 1829 par les Charron a été reprise par les Wright parce que la famille n'arrivait pas à payer ses arrhes ! Une vraie histoire de fou ! Le pauvre Charron avait construit sa maison sur un terrain loué à un loyaliste ! Ça, c'est vivre d'espoir en maudit !

Il n'y a pas de doute : on arrive de loin. Nous reprenons lentement possession de notre territoire. Combien de temps encore faudra-t-il pour que le peuple canadien-français se sente vraiment chez lui ?

« L'idée d'être étranger s'évanouit dans les limbes de nos habitudes quotidiennes », me suis-je dit. L'oubli de soi prend le dessus. J'écoutais Élie. Un accès de tristesse m'a accablé alors que je pensais à mes années tourmentées à Mattawa.

Élie a continué à me raconter que les allumettières qui travaillent chez Eddy étaient honteusement exploitées. De plus en plus, les femmes prenaient la parole un peu partout. L'an passé, Ottawa leur avait accordé le droit de vote.

– Elles gagnent de l'assurance, a déclaré Élie. Je ne serais pas surpris qu'elles déclenchent une grève bientôt. Avec la complicité de je ne sais qui, elles ont organisé une conférence offerte par Marie Lacoste Gérin-Lajoie, la fondatrice de la Fédération Saint-Jean-Baptiste de Montréal. Tu y penses ? Elle est venue leur parler de son *Traité du droit usuel,* manuel expliquant aux femmes les limites de leurs droits civils.

Les curés la tolèrent à cause de ses liens privilégiés avec le monde hospitalier, où on dit grand bien de cette personne. Heureusement pour elle, son discours fait avancer la cause des femmes tout en valorisant la religion et la patrie. On peut toujours lui concéder sa tendance féministe.

Ce soir, en retraçant les lignes de nos échanges, je perçois Hull comme une fourmilière où chacun s'active à aménager un territoire qui correspond à des principes longtemps emmagasinés dans ses cellules. Ce monticule servira de rempart aux extrémités d'une nation qui s'ignore. Dieu que Québec, notre capitale nationale, est lointaine !

Je vois bien que ses moyens sont limités et le poids de la ville d'Ottawa, disproportionné, compte tenu de l'absence de contact de Hull avec le reste du Québec. Qu'à cela ne tienne : les nombreuses églises correspondent à autant de paroisses où se trouvent des écoles, des caisses populaires, quelques hôpitaux et combien de commerces prometteurs ? Les propos d'Élie étaient inspirants.

– Cette ville sera grande un jour. Elle deviendra un lieu d'attraction pour la vaste région à découvrir dans la Haute-Gatineau et dans la Petite Nation, sans oublier son territoire à l'ouest, le Pontiac. Son influence pourrait même s'étendre jusqu'à Mattawa quand on entreprendra d'exploiter les forêts de la rive québécoise de l'Outaouais. Le chemin de la Culbute, qui s'étend de l'Isle-aux-Allumettes jusqu'à Rapides-des-Joachims en passant par Chapeau, promet un bel avenir à cette région inconnue.

J'ai songé que la croissance de Hull se mesurerait à la capacité de ses dirigeants de tirer parti de son arrière-pays. Le commerce de biens et services suppose des échanges de personnes. Ces activités entre les humains créent des fondements culturels communs. C'est ce que je vois en marche. Les défis ressemblent à ceux de la fourmilière. Utiliser son énergie pour le but collectif.

J'ai apprécié la sagacité d'Élie.

– Tu te souviens du grand feu de 1900, il y a à peine dix-sept ans ? Ici, personne ne l'a oublié ! Même pas ceux de la rive ontarienne, qui en ont subi les conséquences jusqu'au lac Dow, l'incendie détruisant les plaines LeBreton sur son passage. Une toute petite maison en flammes en avait incendié trois mille autres. L'interdépendance tient les deux villes comme son pont, par lequel le feu s'est propagé. Les flammes n'ont pas su s'arrêter à une frontière, toute naturelle fût-elle. La pauvreté de Hull se reflétera sur Ottawa à un moment ou l'autre ou ce sera la révolte.

Pour l'heure, la fourmilière est occupée à se reconstruire selon ses propres règles culturelles. Il faut faire confiance à cette force-là, qui soulève des montagnes mieux que les plans, les édits et les déclarations politiques.

Au terme de cette rencontre, une image m'est apparue. Un tas de glands par terre ne possède pas la propriété du chêne : on ne peut bénéficier de son ombre ni en tirer de belles planches pour confectionner des meubles nobles. Il faudra à l'un de ces glands des conditions rassemblées selon des règles très complexes pour que naisse un arbre. Une ville, une région, c'est comme une forêt de chênes, qui ne peut pas compter sur la pinède à côté, bien qu'elle en soit affectée. Hull peut-elle, plus et mieux que les autres régions du Québec, devenir forêt de chênes à côté d'Ottawa ?

Si je ne m'étais pas déjà commis à Saint-Jovite, je crois que j'aurais pu élire domicile ici sans peine. J'aime l'énergie de ce peuple en marche et il a tant besoin de médecins. Demain, nous quittons Hull, direction Montebello. Je m'arrêterai au couvent des sœurs Grises leur apporter les bonnes nouvelles de leurs consœurs de Mattawa. Peut-être aurai-je droit à un bon petit repas !

Pendant ces derniers jours en Outaouais, j'ai mieux compris mon passé. Ma double contrainte d'humain attaché à répéter les habitudes les plus connues m'est apparue plus clairement que jamais. Parmi celles-ci, il y avait ma détermination à poursuivre des rêves. Par contre, si j'avais su lâcher prise, je les aurais réalisés plus sûrement. J'avais perdu de vue une valeur importante : rester ouvert à l'inconnu. Ma détermination à réussir notre mariage m'aveuglait. Ce que je vis en ce moment m'est bénéfique : le dépaysement, dans son sens premier de sentir son exil. Je suis resté ces années à Mattawa en appelant de tous mes vœux le bonheur tout en sachant qu'il m'était impossible de concrétiser ce rêve. Je rentre au Québec et je suis « dépaysé ». Curieux constat ! Délicieux paradoxe !

Il y a l'autre versant des choses. L'espoir rend passif ou attentiste. L'espoir crée une illusion. Nous nous accrochions aux habitudes et au quotidien. Je me disais : « Continue, il va en sortir quelque chose. » Si je n'avais pas agi, je me serais senti coupable. J'étais médecin. On m'avait appris à intervenir et mon intervention devait sauver des vies. C'est pourquoi je me défonçais d'autant plus dans la réalisation de ce village de langue française. Mon dévouement me faisait oublier qui j'étais devenu. Pour toi et moi, le même dilemme se posait. L'évidence aurait dû nous dicter de couper court à notre relation, il y a longtemps. Nous avions versé du côté de la contradiction.

✣

Autant il m'a été pénible de quitter, autant j'absorbe jusqu'à quel point c'était vital. Je vois même le départ comme un geste responsable. Je me sens imbu d'un nouveau courage, d'une nouvelle foi dans la vie, d'une paix. La hantise de renouer avec le monde de mon enfance et la fébrilité de recommencer une carrière s'estompent devant la sérénité que j'ai d'avoir porté un geste libérateur. Vais-je rester dans cet état de grâce?

J'ai le choix. Responsable ou coupable? Pourquoi mon choix de pays se définit-il ainsi? Mon choix de vie? Pourquoi m'est-il difficile de croire que je suis déterminé au bonheur? On m'a enseigné d'autres valeurs, pas celle-là. Si je devenais médecin maintenant, pour ma propre satisfaction et, ce faisant, me trouvais à aider des patients? À cette idée, je respire une profonde liberté. Comme si j'accomplissais un acte de responsabilité vis-à-vis de moi-même, en premier lieu.

Si je recherchais les relations personnelles qui m'élèvent plutôt que celles qui m'enchaînent? Si je cherchais à apprendre le bonheur? Une clé du bonheur existe-t-elle? Ce qu'il me faudra de méditation, d'accompagnement, de bonnes lectures!

Mon cœur s'emballe à cette idée toute simple. Combien de temps il m'a pris pour sentir cette nécessité fondamentale! Je ne peux m'empêcher de penser que nous avons dû être nerveux dans notre enfance pour ne pas vivre selon ce rythme et cette cadence. Nous courions après quoi? Survivre, se réaliser, accomplir notre devoir? Nous étions engagés à tout, sauf à nous-mêmes. Je crois que j'ai observé en Outaouais le sentiment de plénitude des gens qui ne sont qu'eux-mêmes. Voir une communauté attelée à devenir ce qu'elle est m'inspire.

À Mattawa, les responsabilités que je m'étais attribuées, celles qu'on me confiait, suffisaient à me combler comme personne utile et engagée. J'en ai éprouvé la profonde nécessité. C'était ma façon de ne pas sentir le marasme dans lequel je m'étais enlisé. Deux illusions me portaient : réaliser notre union et donner corps à ce village. Pas même réaliser, mais espérer qu'ils se réalisent, me satisfaisait.

Un deuil s'installe en moi. Je ne résiste plus au sentiment de perte. Cette mort n'est pas une fin. Le dire m'effraie moins. La vie est forte.

HUIT

Le havre

Saint-Jovite, le 23 juin 1919

Il y a déjà huit mois que je suis installé ici. L'hiver m'a paru plus long qu'à l'accoutumée. J'ai peu reçu de visiteurs. Lafrenière est passé ; il m'a fait un compte rendu de l'actualité à Mattawa. J'étais fatigué. Je l'ai mal écouté. Ces réminiscences ne collaient pas à ce que j'avais vécu là-bas. Ma propre histoire m'était devenue si étrangère. Je lui ai posé des questions stupides dont j'aurais dû savoir les réponses. J'avais certainement l'air d'avoir enterré des pans entiers de ma vie, de nos vies communes. La séance s'éternisait comme s'il m'entretenait d'une région inexplorée dont je ne savais rien. Comment ai-je pu oublier si vite tout ce qui avait été au cœur de mes préoccupations les plus viscérales ?

Il parlait d'autant plus que je semblais perdu dans les dédales des tractations et des poursuites scolaires dont il me livrait le menu détail. Il s'en rendait compte. Il a dû se demander s'il m'ennuyait ou si c'était une défaillance de ma part. Qu'importe, il en remettait, tirant plus rageusement sur sa pipe, riant à tue-tête. Nous étions en porte-à-faux. Quelqu'un aurait dû mentionner ton nom. Il brûlait de me dire où tu en étais. Moi-même, si je n'avais pas été si blessé, j'aurais aimé recevoir quelques nouvelles de toi.

Blessures, nouvelles, où en es-tu ? Ce journal que je continue de griffonner, devrais-je te le faire parvenir ? Comment ? Est-il encore nécessaire d'obtenir une réponse de toi ? N'est-il pas mieux de s'en tenir aux quelques échanges, si rares, que nous maintenons sur des questions pratiques ? Les dernières nouvelles que je te fais parvenir de Maxence et tes reproches en retour pour ne pas les partager plus régulièrement.

Une nouvelle identité

À Noël, Maxence est venu passer la période des fêtes. Quel grand gaillard ! Quelle joie de le voir ! Il aura dix-neuf ans demain. J'allais l'oublier, le 24 juin. Si je lui rendais visite ? Nous avions beaucoup parlé aux fêtes. L'année de rhétorique lui va à merveille. Il discourait à qui mieux mieux de tant de sujets. C'est l'année des idées. Heureusement, deux années de philosophie axées sur le raisonnement suivront ! Mais c'est un jeune très intelligent. Qui se sent bien dans sa peau. J'étais à peine prêt à le recevoir. Mon installation n'était pas achevée dans cette maison que mon collègue le Dr Corbeil m'a laissée. Il m'arrive, par association à son nom, de penser à un village près de Mattawa. Je me demande s'il y a un rapport. J'évite le rapprochement, comme tout ce qui me ramènerait au Nouvel-Ontario.

La demeure est belle, pleine d'histoire. J'essaie de m'en imprégner, de reprendre des forces. De me refaire une identité aussi. J'ai l'impression de vivre une nouvelle vie.

Après trente ans à l'extérieur du Québec, je ne sais plus qui je suis. Je renoue avec de vieilles habitudes. J'apprends des journaux cette histoire récente du Québec comme celle du monde entier, dont j'ai été coupé si longtemps. Je suis pris d'une boulimie de tout connaître. Mais cette fébrilité, que je n'arrive pas à contrôler, n'est pas toujours saine. Elle me guide plus que je ne peux la diriger moi-même. Je ne suis pas sûr que j'aime tous les signes : palpitations, angoisse, incertitude, fatigue. Une grande lassitude m'habite depuis mon retour. Je n'arrive pas à me concentrer. Je papillonne d'une activité à une autre. Je lis, mais trop et trop vite : les livres de médecine m'intéressent, mais aussi ceux de philosophie, d'histoire et cette nouvelle science, la psychologie. Mais je retiens à peine ce que je lis. Ma mémoire me fait défaut. Comme si elle était surchargée et qu'il fallait faire le vide. Mais de quoi ?

Il n'y a que dans la serre que je me sens bien. Depuis mars, j'y consacre beaucoup de temps. J'aime dire : « Je prends soin de mes simples ». Je le répète à qui me demande comment ça va ; à qui me demande comment je m'ajuste à ma nouvelle vie ; à qui me demande à quoi j'occupe mes loisirs. « Je prends soin de mes simples. » Je me comprends. J'en laisse plus d'un perplexe, par contre. C'est ma façon à moi de ne pas me révéler dans ma souffrance. Tellement de complications sont survenues dans ma vie ces dernières années. Ce que je désire le plus, c'est la simplicité. Les plantes me font oublier le temps et m'occupent. Une grande réjouissance m'habite de pouvoir m'installer dans la solitude, sans attente autre que de passer quelques heures en compagnie de mes fleurs, de fines herbes. Une par une, je les arrose, leur coupe une tige en trop, les renchausse, les observe. Je leur parle aussi.

Quand je rentre dans la maison, ça me reprend. Je m'occupe à trop de fariboles en même temps. J'oublie que j'ai allumé le feu pour préparer le repas du soir. Je commence la lecture d'une page de journal pour me retrouver dans un livre de médecine. Je refais surface dans l'équivalent d'un perpétuel bavardage. Ma tête bourdonne d'idées, mais je serais pourtant incapable de les identifier. Ni de dire dans quelle séquence elles se présentent. Encore moins de justifier leur apparition.

Quand Maxence était là à Noël, il m'a trouvé à mon pire, je crois. À un point tel qu'il m'a demandé si sa présence me dérangeait. J'ai nié, bien sûr. Je regrettais vivement qu'il se sente de trop. Nous avons essayé de tromper le malaise. Je l'ai accompagné au ski, à une soirée à la paroisse. La nuit de Noël, j'avais invité ma collègue, le Dr Gervais, quelques amis et des étudiants, dont quelques-uns du collège de Saint-Jérôme où Maxence étudie. Je ne me souviens de rien. J'ai passé la veillée dans un nuage, dans le coton ouaté, mi-figé, mi-angoissé par toute cette présence.

Gervais avait entrepris une discussion dont l'essentiel m'échappait sur le livre *La vie, considérations biologiques,* que notre confrère Albert Laurendeau de Saint-Gabriel-de-Brandon avait écrit en 1911. Ses positions soulèvent encore la controverse. La parution de l'ouvrage avait été précédée par la publication d'articles qui avaient valu à Laurendeau des reproches de l'évêque de Joliette. Sans accuser Laurendeau, Gervais arguait qu'il aurait dû laisser tomber. Les collégiens, au contraire, lui rétorquaient que le temps était venu de séparer la science de la religion, au risque de devoir en subir les contrecoups de l'Église. Maxence trouvait déterminant que le Québec puisse s'éloigner de cette position conformiste où la religion décidait autant pour l'État que pour le savoir.

La lucidité du fils

Jusque-là, Maxence et moi n'avions pas une seule fois fait allusion à toi. À la fin de la soirée, il m'a demandé s'il pouvait me parler. « Maman te manque », m'a-t-il lancé comme entrée en matière. Je lui ai rétorqué en mentant le mieux possible. Mais mes propos n'étaient que sifflements tellement je refoulais ma douleur.

Je me suis résolu à lui parler franchement.

– On ne manque pas ce qui cause tant de tourment. On veut plutôt que cela arrête, lui ai-je dit. Je crois avoir accepté que ma relation avec ta mère en arrive là. En même temps, je réussis mal à admettre ce fiasco. Pourquoi vingt ans de vie doivent-ils disparaître à tout jamais ? Le plus difficile, c'est que je n'ai jamais entendu de la part de ta mère une seule explication de notre échec. Alors, tu vois, si je suis capable d'accepter la séparation, j'essaie encore de lui accoler une raison.

– Dans le fond, t'es coupable, m'a-t-il répondu. Tu te sens coupable d'avoir perdu les meilleures années de ta vie dans un monde qui ne t'appartenait pas. Ce n'est pas seulement ta relation avec maman qui te triture. C'est ton existence entière à Mattawa qui est remise en cause. Tu me l'as partagée assez souvent, ton histoire, puisqu'elle me concernait au plus haut point. À partir d'un choix d'école est intervenu celui d'un pays où vivre.

– En très simple, c'est peut-être juste ça!

– J'ai eu l'occasion d'y réfléchir au cours de mes études. Tu te souviens: «Ce qui constitue une nation, ce n'est pas de parler la même langue, ou d'appartenir à un groupe ethnographique commun, c'est d'avoir fait ensemble de grandes choses dans le passé et de vouloir en faire encore dans l'avenir.» C'est d'Ernest Renan. C'est ce que tu tentais de réaliser à Mattawa. Mais vous deviez travailler sans cesse à contre-courant. Puis, il n'y avait aucune garantie de perpétuer «les grandes choses de notre culture».

– Tu sais, nous voyions les choses d'une façon plus terre à terre.

– Tu te souviens de notre dernier voyage ensemble? Je t'avais dit combien je trouvais éprouvant de ne pas pouvoir parler dans ma langue à ceux qui avaient été mes amis d'enfance. Ce n'était pas qu'ils ne parlaient plus français. Leur langue et la mienne étaient trop différentes. Il préféraient parler en anglais pour camoufler leur français cassé. Leur langue maternelle les gênait. Ça me gênait aussi. Je pouvais sentir leur blessure.

Nous sommes restés en silence à cette évocation. Ensuite, il m'a remercié de l'avoir envoyé aux études au Québec. Il a exprimé l'idée de vouloir poursuivre en droit cet automne à Montréal.

Et je l'ai écouté me parler de sa vie. Quelle verve ! De la guerre qui venait à peine de finir. Du futur qui s'ouvrait devant lui. Il m'a dit qu'il était allé à Montréal le 30 août 1917.

– J'ai observé la foule des anticonscriptionnistes. J'ai suivi aussi les propos de Bourassa. Lui, au moins, il sait garder le débat au niveau de l'intelligence. Je veux apprendre à écrire comme lui. « La bêtise n'est pas mon fort », disait monsieur Teste. Cela se trouve dans un texte de Paul Valéry que j'ai lu cette année. Il faut anéantir les préjugés. Je crois que si nous ne faisons pas obstacle tout de suite aux coquins à Ottawa, nous participons à la perte des Canadiens français. Leur politique n'est que machinations et intrigues pour nous mettre au pas des intérêts du *Dominion*. Il faut prendre les commandes des affaires, du politique, de l'opinion publique. Le pouvoir à Ottawa ne décerne des récompenses qu'aux pleutres. « Est-ce qu'il nous faudra, à nous aussi, un jour, un traité de Versailles pour avoir la certitude que ce territoire est bien le nôtre ? Quelles manigances devrons-nous subir d'ici là ? » « Nous autres civilisations, nous savons maintenant que nous sommes mortelles. » Encore Valéry. Moi, je m'inquiète de la nôtre dans ce *Dominion*.

J'ai été tenté de lui rappeler qu'il était trop près de ses lectures. Mais pourquoi le freiner dans son élan ? Il me parlait avec des mots que je n'aurais pas su utiliser. Mon fils discute comme un prophète : il ne devine pas l'avenir, il le décrit dès aujourd'hui. Moi, j'ai passé ma vie à défendre au front l'école française en Ontario. Jamais, je n'ai réfléchi à sa façon. Il voit plus loin. Il raisonne à partir de références autrement plus complètes.

Son laïus m'a distrait. Rêver ce que je suis. Vivre ce dont je rêve. Faire en sorte que l'être et l'imaginaire coïncident pour une fois. J'en étais loin. L'idéalisme appliqué à aider les autres, c'est ce qui me résume le mieux. Il en est un peu comme cela aussi pour les Canadiens français. Ils ont construit le pays des autres, tout heureux qu'on les laisse travailler. Porteurs d'eau, tout de même! Certains ont fini par perdre les contours de leur visage. Plus de miroir pour leur renvoyer une image d'eux-mêmes. La plupart d'entre nous, en parallèle, bâtissions nos villages, nos écoles, nos hôpitaux en rognant sur notre temps libre. Il est difficile de construire deux pays dans un seul. Peut-être même impossible.

Je suis à l'aise avec les propos de mon fils. Je suis simplement surpris que ce soit lui qui les dise plutôt que moi. Je sens un certain réconfort à reconnaître que j'ai été d'une certaine naïveté toute ma vie. Cela m'apaise. J'ai foncé sans réfléchir. J'ai agi comme il convient à la guerre, avec des réflexes bruts. Comme un médecin aussi, je répondais à une impression d'urgence. C'est tout. En fait, je n'ai pas senti dans les propos de Maxence un quelconque reproche ou un jugement qui me soit adressé. Non, voilà les faits. J'en faisais partie. Lui, non.

En cette fin de soirée, les nerfs à fleur de peau, je vois mon fils comme un être de grande envergure. Je comprendrais si on me disait qu'il peut effrayer. Il parle avec une telle fermeté et, pourtant, sans entêtement. Il n'a pas peur parce qu'il ne mise pas sur l'espoir. La vérité de ses propos tient à son authenticité et à sa sincérité. Avec ses bras et ses jambes trop longs pour son corps, il prend l'allure d'un oiseau démesuré. Moi, au contraire, j'ai tout mesuré. J'ai vécu d'approximations. Lui, il jouit d'une grande liberté d'esprit. C'est l'esprit de ceux qui bâtiront ce pays.

L'attirance culturelle

Épuisé par tous ces rappels pêle-mêle de Zola, Péguy, Claudel et combien d'autres qui l'incitaient à défendre la langue et la culture françaises au Québec, Maxence a repris son souffle en me racontant, dans le menu détail, le contenu du *Grand Meaulnes!* Ce roman l'a vraiment marqué. Le monde de l'imaginaire le fait vibrer tout autant que celui des idées, à l'entendre.

Je me suis rappelé qu'il y avait un peu de cette histoire dans ma vie. Depuis longtemps, je n'arrive plus à joindre les cordes qui rattacheraient les pièces d'un jeu compliqué. Ma mémoire déambule dans de larges couloirs sans fin. Je me surprends éveillé tôt le matin sur un gazon dégoulinant de rosée, dans une lumière diaphane, sous une épaisse brume. Pourquoi suis-je là? Je porte en mon corps ces images. Je les vis.

Ce qu'il me racontait de ce personnage correspondait à s'y méprendre à ces dernières années de collège. Les siennes? Les miennes certainement. Le collège que j'ai connu, à la fois ouverture sur la connaissance et fermeture sur la vie. Quand on veut à ce point vivre, le rêve ouvre la voie. Il m'a décrit cette histoire fantastique, la quête d'un absolu qui nous propulse à la recherche de notre conscience au sortir de l'enfance. Il me semble que je suis encore là, à cette étape. Je me suis enrichi de la connaissance qu'apporte le diplôme, mais je ne sais rien de la vie. La capacité de rêver m'a été ravie. Mon existence s'est épuisée en pure perte à tenter de créer un pays tout en laissant derrière celui qui se réalisait.

Maxence s'est assoupi sur le divan devant le foyer. J'ai recouvert ses épaules, mis du bois dans l'âtre. J'ai terminé mon cognac et je suis monté me coucher. Il était tard. Demain, nous ferons la grasse matinée. Mais il faut que je trouve le moyen de m'endormir tout de suite. Sinon, la fatigue et mon état d'angoisse se conjugueront pour me laisser encore plus accablé. J'ai passé en revue notre soirée et me suis consolé à l'image d'un Maxence si enthousiaste et à la pensée si bien articulée. J'ai eu un pincement au cœur à l'idée que je ne pourrais jamais partager ce sentiment avec toi.

Le sommeil ne vient qu'à son heure comme la pleine conscience, semble-t-il. Je suis resté à demi éveillé, ballotté par des images de rêves éveillés, sans logique, mais si pressantes. Il y avait foule : des personnes bigarrées, aux accoutrements bizarres, aux gestes incertains et au regard louche et torve. Dans un espace ouvert, aux contours cernés de brouillard, on n'entendait que chuchotements de gens qui parlent sans s'écouter ni se regarder, et qui échangent des biens ou des services. Qui sont ces romanichels qui communiquent en français ? Tziganes d'un Nouveau Monde, ils marmonnent, lèvres mi-closes, un borborygme informe les liant dans une cellule aux cloisons rigides. Ce retranchement leur suffira-t-il pour donner un sens à leur projet ?

Je m'engourdis. Des papiers froissés, des chaises qu'on traîne sur le sol, des grésillements de friture, tout contribue à une impression de bruissement continu et confus. J'aperçois Maxence se mouvant dans ces dédales de bruines et de fumée, passant d'une scène à l'autre comme s'il y tenait un rôle. Sur les côtés, de la pénombre surgissent à l'occasion des éclats qui me réveillent presque ou qui, du moins, raniment chez moi une certaine conscience. Des gens défilent derrière une barricade alors que des soldats les surveillent, impassibles. Des bâtiments craquent comme tordus par le vent. Des gargouillis remontent des bouches d'égout. Des galopins s'arrêtent brusquement et leurs chaussures crissent sur le gravier. Une déflagration fait s'envoler en pleine rue ce qui ressemblait à une boîte métallique. Des ballots de paille s'éventrent. Des gens geignent : est-ce accouplement, naissance ou agonie ?

Épilogue

En 1936, à l'âge de 73 ans, le Dr Sylvain De Caseneuve décède. Son fils Maxence, seul héritier, a disposé de ses biens et de la maison de Saint-Jovite. En faisant le ménage, il a découvert un carton à son nom. La boîte contenait des documents, dont une liasse assez épaisse retenue par une corde ficelée en croix. Sur la couverture, il était écrit: Mattawa, à contre-courant ou Mémoire d'un médecin de campagne, sans destinataire particulier.

Quelques coupures de journaux gisaient au fond de la boîte, dont une notice nécrologique annonçant le décès de sa mère survenu en 1925, onze ans auparavant. Elle n'avait que 55 ans. Maxence hésita avant de la relire. Cette année-là, il avait fêté ses 25 ans avec elle en juin et, en octobre, il apprenait son décès. Elle était déjà atteinte du cancer à son anniversaire, mais ne lui en avait pas soufflé mot. Il lui avait reproché longtemps cette omission, qui ne pouvait qu'être volontaire. Il se souvenait s'être rendu aux obsèques avec son père. Ils avaient passé quatre jours ensemble dans un silence presque complet. C'est la dernière fois qu'il avait visité Mattawa.

Il avait ramassé deux feuilles jaunies, froissées, pliées en quatre dans le fond de la boîte. Il s'agissait d'une lettre de sa mère adressée à son père.

Table des matières

www.ingramcontent.com/pod-product-compliance
Ingram Content Group UK Ltd.
Pitfield, Milton Keynes, MK11 3LW, UK
UKHW022002190726
13853UKWH00004B/1692